CARRÉS CLASSIQUES

Collection COLLÈGE dirigée par
Cécile de Cazanove
Agrégée de Lettres modernes

Jack London

Nouvelles du Grand Nord

Construire un feu

1902

Une mission de confiance

1908

Édition présentée par
Christine Malrieu
Certifiée de Lettres modernes

Nathan

Sommaire

Avant la lecture

Lire Construire un feu

Lire Une mission de confiance

Après la lecture

Autre lecture

Dossier central images en couleurs

ISBN : 978-2-09-188729-6

Avant la lecture

Qui êtes-vous, Jack London ?

Parlez-nous de votre jeunesse tumultueuse.

Je suis né le 12 janvier 1876 à San Francisco. Mes parents se séparent avant ma naissance et ma mère épouse John London huit mois après ma venue au monde. Ce dernier me reconnaît et me donne son nom. Mon prénom de naissance est John, mais on m'appelle Jack pour nous différencier.

« Mon prénom de naissance est John, mais on m'appelle Jack. »

Nous sommes pauvres. Très jeune, je me passionne pour la lecture et la navigation. Alors que nous sommes à Oakland, mon père cheminot est blessé : pour subvenir aux besoins de ma famille, je prends un travail dans une fabrique de conserves de saumon.

En 1893, je suis lauréat d'un concours qui permet la publication de mon premier texte : *Un typhon au large des côtes du Japon*. L'année suivante, je quitte mon emploi et m'adonne au vagabondage, ce qui me vaut trente jours de prison. Après cette expérience, je décide d'entrer à l'université de Berkeley que j'intègre en 1896.

Comment votre carrière d'écrivain-aventurier a-t-elle commencé ?

Dès 1897, je quitte l'université car mes études coûtent cher et je les trouve sans intérêt. Je souhaite me consacrer à la littérature. Hélas, mes récits n'ont pas grand succès et je renonce provisoirement à écrire pour travailler dans une blanchisserie.

Je cède alors au rêve de la ruée vers l'or et m'embarque à destination du Klondike ou Grand Nord canadien ; je traverse l'Alaska. Ce voyage, écourté par la mort de mon père, sera une source d'inspiration inépuisable pour mon œuvre. Je connais enfin la réussite à la publication d'*Une odyssée du Grand Nord* en 1900.

En 1902, je pars comme reporter sur la guerre des Boers en Afrique du Sud. À mon retour, je publie en feuilletons *L'Appel de la forêt*, qui me vaut la célébrité, et la première version de *Construire un feu*. Je gagne beaucoup d'argent et m'achète un bateau, le *Snark*, sur lequel je veux faire le tour du monde. Cependant, ce projet me coûte une fortune et, malgré le succès de *Croc-Blanc* en 1906, je n'irai pas plus loin que l'Australie.

Pourquoi l'abandon de votre voyage a-t-il marqué le début de votre déclin ?

En 1909, en raison de mes difficultés financières, je vends le *Snark* et reviens en Californie où je fais construire un magnifique ranch qui achèvera de me ruiner. À partir de ce moment-là, les ennuis commencent. Je sombre dans la dépression et l'alcool, tombe malade et, en 1913, mon ranch brûle. Je ne me remettrai jamais de ce drame. Le 21 novembre 1916, j'avale une grande quantité de somnifères... ■

« Je traverse l'Alaska. »

Jack London meurt le 22 novembre 1916.

Les États-Unis au temps de Jack London

◆ Le *Gilded Age*

Après la guerre de Sécession, en 1865, les États-Unis connaissent un temps de reconstruction et de prospérité appelé *Gilded Age* (littéralement « âge doré »). Cette période voit la deuxième révolution industrielle et, en particulier, l'expansion du chemin de fer. La conquête de l'Ouest et les différentes ruées vers l'or attirent les pionniers qui accaparent les terres des Indiens.

De riches villes industrielles se développent au nord-est (New York, Chicago, Detroit) et le pays s'impose sur la scène mondiale comme une grande puissance militaire et économique, attirant un flux massif d'immigrants européens de 1870 à 1920.

◆ Un pays en crise

Le *Gilded Age* connaît cependant une période de crise entre 1873 et 1897 ; ce sont surtout les compagnies de chemin de fer qui sont touchées. En 1893, la dépression économique est à son sommet, avec un taux de chômage de plus de 10 % et des faillites innombrables. L'élection de William McKinley à la présidence en 1897

1876 : Naissance de Jack London

1897 : Traversée du Klondike et de l'Alaska

1902 : Première version de *Construire un feu*

1865-1901 : *Gilded Age*

1865 : Fin de la guerre de Sécession

1873 : Début de la crise économique

1893 : Apogée de la crise

1897 : McKinley élu président Fin de la crise

et la ruée vers l'or du Klondike permettent aux États-Unis de sortir de la récession.

Pendant la même période, l'Amérique connaît une crise politique. La vie publique subit l'influence des riches hommes d'affaires. Les *businessmen* contrôlent les électeurs et, par là, dirigent les élections présidentielles. La corruption règne parmi les fonctionnaires fédéraux. Les grèves se multiplient et sont parfois réglées dans le sang, comme celle de Homestead en 1892.

◆ Le début de la ségrégation raciale

La guerre de Sécession a permis la victoire du nord abolitionniste sur le sud esclavagiste ; l'esclavage est aboli en 1865. Toutefois, 1877 marque le début de la ségrégation raciale, malgré les efforts du Nord pour établir les droits des Noirs. La défaite du Sud a entraîné la montée en puissance de sociétés terroristes et racistes, comme le Ku Klux Klan, qui sèment la terreur parmi les électeurs noirs.

En 1893, la Cour suprême déclare inconstitutionnel le XIVe amendement, qui accordait la citoyenneté et l'égalité des droits aux Noirs. Les personnes et entreprises privées peuvent alors pratiquer légalement la ségrégation, qui sera élargie en 1896 aux États eux-mêmes. Il faudra attendre 1965 pour voir la fin de la ségrégation raciale aux États-Unis. ■

1903 :	1906 :	1907 :	1909 :	1916 :
L'Appel de la forêt	*Croc-Blanc*	Départ pour un tour du monde	Retour en Californie et faillite	Mort de Jack London

1959 :
L'Alaska devient le 49e État des États-Unis

Le Grand Nord à l'époque de Jack London.

Lire

Construire un feu

1902

Traduit de l'américain par Jacques Parsons

Texte intégral

Qui est le personnage ?

Tom Vincent

Ce chercheur d'or part seul pour une longue marche dans les étendues glacées du Klondike.

➨ *Survivra-t-il au froid de plus en plus violent qui l'attaque ?*

La fonte des glaces sur la rivière Yukon, photographie, 1905.

Dans le monde entier, pour voyager par terre ou par mer, on considère généralement qu'il est désirable d'avoir un compagnon. Au Klondike – comme s'en aperçut Tom Vincent, c'est absolument essentiel. Cependant, il ne s'en aperçut pas en appliquant un précepte[1], mais en faisant une amère expérience.

Ne voyagez jamais seul est un principe des pays du Nord. Il l'avait entendu dire bien des fois et il s'était contenté de rire. Car c'était un grand gaillard[2] jeune et solide, bien charpenté[3], bien musclé, ayant confiance en lui-même, dans la solidité de sa tête, la vigueur[4] de ses mains.

C'est par une triste journée de janvier qu'il fit une expérience grâce à laquelle il acquit le respect du froid et de la sagesse des hommes qui se sont battus contre cet ennemi.

Il avait quitté le camp du Calumet sur le Yukon[5] avec sur le dos un léger paquetage pour remonter Paul Creek, jusqu'à la ligne de partage des eaux[6] séparant cette vallée de Cherry Creek, où les membres de son expédition étaient en train de prospecter[7] et de chasser l'élan.

Il faisait soixante degrés au-dessous de zéro[8], il avait à parcourir trente milles[9] d'une piste solitaire, mais il ne s'en souciait pas. En réalité, cela lui plaisait, il marchait à longues enjambées dans le silence, un sang chaud coulait dans ses veines, il avait l'esprit exempt[10] de soucis, il était heureux. Car lui et ses camarades étaient certains d'avoir trouvé le filon[11] là-bas sur la ligne de partage des eaux de Cherry Creek ; et, de plus, venant de Dawson, il

Le Klondike

Cette région du nord-ouest du Canada tire son nom d'une rivière. À partir de 1896, on découvre des pépites d'or dans certains de ses affluents. La ruée vers l'or du Klondike durera jusqu'en 1906, inspirant de nombreux artistes comme Jules Verne, Jack London ou Charles Chaplin.

1. Une théorie.
2. Homme bien portant.
3. Taillé.
4. Force.
5. Fleuve et région du Canada, frontalière de l'Alaska, qui se caractérise par son climat polaire.
6. Zone où les eaux de surface (pluie, sources) se dirigent soit vers Paul Creek soit vers Cherry Creek.
7. Chercher des ressources minières.
8. Température donnée en degrés Fahrenheit. Équivaut à moins 26 °C.
9. Un mille équivaut à environ 1,6 km.
10. Dépourvu.
11. Gisement de minerai métallique.

allait les rejoindre en leur apportant le réconfort de lettres de chez eux aux États-Unis.

À sept heures, quand il tourna les talons de ses mocassins[1] dans la direction du camp du Calumet, il faisait encore nuit noire. Et quand le jour parut à neuf heures et demie, il avait franchi le raccourci de quatre milles à travers la plaine et avait remonté Paul Creek de six milles. La piste, sur laquelle on n'était guère passé, suivait le lit[2] du torrent, et il ne pouvait se perdre. Il s'était rendu à Dawson par Cherry Creek et la rivière Indienne, si bien que Paul Creek lui donnait une impression de nouveauté et d'inconnu. Vers onze heures et demie il se trouvait aux fourches[3] qu'on lui avait décrites, et il sut ainsi qu'il avait couvert quinze milles, soit la moitié de la distance.

Il savait que, du fait de la nature des choses, la piste ne pouvait que devenir plus mauvaise à partir de cet endroit et il estima qu'en raison du peu de temps qu'il avait mis, il méritait bien un déjeuner. Il posa son sac, s'assit sur un arbre tombé à terre, sortit sa main droite de sa moufle, glissa la main dans sa chemise jusqu'à sa peau, et en sortit deux biscuits entre lesquels se trouvait une tranche de lard ; ce sandwich était enveloppé dans un mouchoir – c'était le seul moyen qu'il avait eu de le transporter sans risquer de le voir devenir dur comme la pierre du fait du gel.

Il avait à peine mastiqué la première bouchée que l'engourdissement[4] de ses doigts l'avertit qu'il devait remettre sa moufle. Ce qu'il fit, non sans s'étonner de l'insidieuse[5] rapidité avec laquelle le froid l'avait saisi. Il

1. Chaussures fourrées en peau.
2. Partie centrale d'un cours d'eau, ici prise dans la glace.
3. Au croisement.
4. La paralysie.
5. Dangereuse.

se dit que c'était sans aucun doute le plus violent coup de froid qu'il ait jamais connu.

Il cracha sur la neige – un truc favori des gens du Nord – et il sursauta en entendant craquer le crachat instantanément congelé. À son départ de Calumet, le thermomètre à alcool indiquait soixante degrés au-dessous de zéro, mais il était certain que la température avait encore beaucoup baissé, sans pouvoir imaginer de combien.

La moitié du premier biscuit était encore intacte, mais il pouvait se sentir commencer à grelotter – ce qui était chez lui tout à fait exceptionnel. « Ça n'ira jamais », se dit-il, et, en faisant glisser les bretelles de son sac en travers de ses épaules, il bondit pour se relever et se mit à courir sur la piste.

Quelques minutes de cet exercice lui permirent de se réchauffer, il prit une allure régulière, tout en mordant dans ses biscuits sans cesser d'avancer. La buée de sa respiration se condensait[6] en glaçons dans sa moustache et sur ses lèvres ; un glacier miniature se formait sur son menton. De temps à autre son nez et ses joues perdaient toute sensibilité, il les frictionnait[7] jusqu'à ce que le sang revienne et les rougisse.

La plupart des hommes portaient des protège-nez[8] ; ses camarades par exemple, mais il avait toujours dédaigné ces baroques[9] accessoires féminins et jusque-là il n'avait jamais éprouvé le besoin de s'en munir. Il le ressentait à présent, ce besoin, car il ne cessait[10] de se frictionner.

Il éprouvait néanmoins un frisson de joie, d'exultation[11]. Il faisait, il réalisait quelque chose, il maîtrisait les éléments. Il lui arriva une fois de rire par excès de vitalité,

6. Se transformait.
7. Frottait avec énergie.
8. Protections qui recouvrent le nez.
9. Ridicules.
10. N'arrêtait pas.
11. Plaisir intense.

et de son poing fermé il défia le froid. Il s'en était rendu maître. Ce qu'il faisait, c'était malgré le froid. Le froid ne pouvait l'arrêter. Il continuait en direction de la ligne de partage des eaux de Cherry Creek.

Si forts qu'aient été les éléments, lui était plus fort. En cette saison, les animaux regagnent leurs trous en rampant et s'y maintiennent terrés[1]. Mais lui ne se cachait pas. Il était dehors, dans le froid, il lui tenait tête, il le combattait. Il était un homme, un maître des choses.

Il continuait son chemin, toujours dans les mêmes dispositions d'esprit, en se réjouissant avec fierté. Au bout d'une demi-heure, il suivait un méandre[2] à un endroit où le cours d'eau passait tout près du versant[3] de la montagne, et il se trouva en présence d'un des dangers les plus insignifiants en apparence, mais des plus formidables[4] qu'on puisse rencontrer au cours d'un voyage dans les pays du Nord.

Le torrent lui-même était gelé jusqu'au fond rocheux de son lit, mais de la montagne arrivaient les trop-pleins de plusieurs sources. Celles-ci ne gèlent jamais, et le seul effet des plus intenses vagues de froid, c'est simplement de diminuer leur débit[5]. Protégée du gel par la couverture de la neige, l'eau de ces sources s'écoule dans le lit du torrent, et forme des mares sans profondeur à la surface de la glace qui le recouvre.

À son tour, la surface de ces mares se recouvre d'une couche de glace qui s'épaissit de plus en plus jusqu'à ce que l'eau la recouvre et forme ainsi, au-dessus de la première, une seconde mare recouverte d'une légère couche de glace.

1. À l'abri sous la terre.
2. La courbe d'une rivière.
3. De la pente.
4. Redoutables.
5. Volume d'eau s'écoulant en un temps donné.

Ainsi, se trouvait, au fond, la glace solide du torrent, puis probablement quinze à vingt centimètres d'eau, puis une mince couche de glace, puis encore quinze centimètres d'eau et une nouvelle couche de glace. Et sur cette dernière couche, se trouvaient environ deux à trois centimètres de neige fraîche de manière à compléter le piège.

Aux yeux de Tom Vincent, la surface intacte de neige ne comportait aucun avertissement du danger qui le guettait. Comme la croûte était plus épaisse sur les bords, il était très avancé en direction du centre quand il passa au travers.

En soi, c'était une mésaventure insignifiante[6] – un homme ne se noie pas dans cinquante centimètres d'eau, mais pour ce qui était de ses conséquences, c'était un accident aussi sérieux que tout autre susceptible de[7] lui arriver.

Au moment même où il passait à travers la glace il sentit le contact de l'eau froide sur ses pieds et ses chevilles, et en une demi-douzaine de grandes enjambées il avait gagné la rive. Il était tout à fait calme et plein de sang-froid. La chose à faire, la seule, c'était de construire un feu. Car il y a un autre précepte[8] du Nord qui est ainsi conçu : *Voyage avec des chaussettes humides jusqu'à vingt degrés au-dessous de zéro*[9] *; ensuite construis un feu*. Et il faisait trois fois plus froid, il le savait.

6. Sans importance.
7. Pouvant.
8. Une autre règle.
9. Moins 9° C environ.

Illustration de Boris Zworykine (1872-1942), extraite
de *Récits et aventures polaires*, éditions Nathan, 1948.

Pause lecture 1

Première partie

Ne voyagez jamais seul

Un projet ambitieux l. 1 à 30, p. 13-14

Avez-vous bien lu ?

Au Klondike, pourquoi dit-on : « Ne voyagez jamais seul » ?

❏ On risque de faire de mauvaises rencontres.

❏ Les conditions climatiques de la région sont extrêmes.

❏ On a besoin d'un guide pour trouver le chemin.

Un jeune homme confiant

1 Comment réagit Tom Vincent face aux mises en garde des habitants du Klondike ? Pourquoi a-t-il cette attitude, selon le narrateur ?

2 Par quel mot le froid est-il désigné à la fin du troisième paragraphe ? Quelle est la figure de style utilisée ? Quelle information est ainsi donnée sur l'épreuve qui attend le héros ?

3 Relevez d'autres indices qui annoncent que Tom Vincent va vivre une aventure douloureuse. Que lui a-t-elle apporté ? Que crée cet effet d'annonce dans le récit ?

Une longue distance

4 À l'aide de la note 9 p. 13, calculez la distance que doit parcourir le héros. Quels éléments rendent cette expédition difficile ? Tom Vincent est-il conscient des difficultés de son projet ?

5 Pour quelles raisons le voyageur est-il heureux au début de sa longue marche ?

Le début du périple l. 31 à 96, p. 14 à 16

Avez-vous bien lu ?

Pourquoi Tom Vincent s'arrête-t-il pour déjeuner ?

❑ Il est fatigué.
❑ Il a faim.
❑ Il veut prendre des forces.

Un repos bien mérité

1 À quelle heure Tom est-il parti ? À quelle heure arrive-t-il à la moitié du chemin ? Quelle distance a-t-il alors parcourue (voir question 4, p. 19) ?

2 Pourra-t-il maintenir son allure ? Justifiez votre réponse.

Un froid mordant

3 Relevez tous les faits qui montrent l'intensité et la violence du froid qui règne. Par quels moyens le héros le combat-il ?

Un jeune homme orgueilleux

4 Quel sentiment surprenant Tom éprouve-t-il face à ces conditions extrêmes ? Pourquoi pense-t-il pouvoir être supérieur au froid ?

5 Des lignes 92 à 96, relevez les sujets des verbes. Quel pronom personnel souligne l'inconscience de Tom Vincent ?

L'accident l. 97 à 142, p. 16-17

Avez-vous bien lu ?

Dans quel piège Tom Vincent tombe-t-il ?

❏ Une couche d'eau glacée cachée sous la neige.
❏ Un trou dans la glace.
❏ Une avalanche.

Un piège insidieux

1 Pour quelle raison les sources du torrent ne sont-elles pas gelées ? Qu'est-ce qui cache le piège aux yeux de Tom ?

2 Expliquez pourquoi cette mésaventure est « insignifiante » en elle-même (l. 129) ? Quel est le véritable péril et pourquoi est-il « formidable » (l. 102) dans le Grand Nord ?

Le retournement de situation

3 Des lignes 134 à 135, précisez le temps des verbes et donnez leur valeur. Comment l'effet de surprise est-il accentué ?

4 Comment Tom réagit-il ? De quelles qualités fait-il preuve dans sa « mésaventure » ?

5 Quelle solution envisage-t-il pour se tirer d'affaire ? Pourquoi le « précepte du Nord » est-il écrit en italique (l. 140-141) ? À quel mode sont les verbes ? Qu'indique le choix de ce mode ?

Vers l'expression

Vocabulaire

1. **Pour son repas, Tom mange un « sandwich » (l. 50, p. 14).**

a. Dans un dictionnaire, cherchez l'origine de ce mot.

b. Qu'a inventé M. Béchamel ? et M. Guillotin ?

c. Trouvez les noms propres, à l'origine de noms communs :

- J'ai donné mon prénom à des pièces d'or.
- Mon frère et moi avons inventé un ballon qui peut transporter des personnes.
- Mon invention permet de garder propres les rues.

2. **« Protège-nez » est un mot composé. Citez deux autres mots composés avec le terme « nez » et donnez leurs définitions.**

À vous de jouer

Écrivez une lettre

Tom Vincent apporte à ses camarades des lettres envoyées par leurs familles restées aux États-Unis. Rédigez la lettre de la mère d'un de ses compagnons. Elle donne des nouvelles et en demande à son fils. Elle fait part de ses craintes face à ce qu'il vit. Dans le même temps, elle lui témoigne son soutien et ses espoirs.

Du texte à l'image

Observez la photographie → voir dossier images p. I

Le Cutoof Canyon vu depuis le pied du White Pass pendant la ruée vers l'or du Klondike, photographie, 1897-1898, coll. privée.

1. En vous appuyant sur la légende, précisez où cette photographie a été prise et durant quelle période de l'histoire des États-Unis.
2. Observez les reliefs des montagnes et la construction de la photographie. Quelle place la nature occupe-t-elle par rapport au convoi du premier plan ?
3. Trouvez ce qui rend ce paysage merveilleux et terrifiant à la fois.
4. Pourquoi cette photo illustre-t-elle bien la nouvelle de Jack London *Construire un feu* ?

Un homme chaussé de raquettes près de Fairbanks (Alaska), photographie, début du XXe siècle.

Il savait, en outre[1], qu'il devait procéder[2] avec le plus grand soin ; s'il ne réussissait pas à la première tentative, les risques d'échec à la seconde étaient plus élevés. Bref, il savait qu'il ne devait pas échouer. Un moment auparavant c'était un homme vigoureux, débordant de joie, fier de sa maîtrise des éléments, et il était à présent en train de défendre son existence contre ces mêmes éléments – telle était la différence résultant de l'introduction d'un quart de litre d'eau dans les prévisions d'un voyageur du Nord.

Sur le bord du cours d'eau, dans un bouquet[3] de sapins, les eaux plus hautes du printemps avaient amené pas mal de petites branches. Complètement séchées par le soleil de l'été, elles n'attendaient plus que l'allumette.

Il est impossible de construire un feu en ayant sur les mains les lourdes moufles qu'on porte en Alaska. Vincent retira donc les siennes, ramassa un nombre suffisant de branches, en fit tomber la neige, et s'agenouilla pour allumer son feu. D'une poche intérieure il tira ses allumettes et une mince lamelle[4] d'écorce de bouleau. Les allumettes étaient de celles qu'on utilise au Klondike, des allumettes soufrées[5], vendues par paquets de cent.

En sortant une allumette du paquet il put remarquer la rapidité avec laquelle ses doigts s'étaient trouvés transis[6]. Il la gratta sur son pantalon. L'écorce de bouleau, comme un morceau de papier bien sec, prit avec une flamme brillante. Il l'alimenta délicatement avec les brindilles les plus ténues[7] et les débris les plus petits, et il soigna amoureusement la flamme naissante. Il ne devait pas hâter[8] les choses, il savait cela, et bien que ses doigts fussent à présent complètement roides[9], il ne se pressait pas.

1. De plus.
2. Agir.
3. Petit bois.
4. Un petit morceau.
5. Recouvertes de soufre, substance qui brûle facilement.
6. Engourdis par le froid.
7. Fines.
8. Accélérer.
9. Rendus raides par le froid.

Il avait tout d'abord ressenti dans les pieds une impression de froid mordant[1], mais à présent, c'était une douleur profonde et sourde[2], et un rapide engourdissement. Le feu, bien qu'encore très chétif[3], était à présent un succès et il savait qu'en se frictionnant énergiquement les pieds avec un peu de neige, il ne tarderait pas à leur rendre vie.

Mais au moment où il mettait dans son feu les premières branches un peu plus grosses, il lui arriva une chose très ennuyeuse. Les branches du sapin qui se trouvaient au-dessus de sa tête étaient chargées d'une neige accumulée pendant quatre mois dans un équilibre tellement subtil[4] que le léger mouvement qu'il avait fait en ramassant ses branchages avait suffi à le rompre.

La neige de la branche la plus élevée fut la première à tomber, et, ce faisant, elle heurta et déplaça celle qui se trouvait accumulée sur les branches inférieures. Et toute cette neige, dont le volume augmentait à mesure qu'elle tombait, vint recouvrir la tête de Tom Vincent, ses épaules et éteignit son feu.

Il gardait toujours sa présence d'esprit, car il connaissait l'importance du danger. Il se mit aussitôt à reconstituer son feu, mais il avait maintenant tellement froid aux doigts qu'il ne pouvait plus les replier ; il était obligé de ramasser chaque branche et de la briser entre le bout des doigts de l'autre main.

Quand il en arriva à l'allumette, il rencontra de grandes difficultés à en sortir une du paquet. Il y parvint cependant, de même qu'à la saisir, au prix d'un gros

1. Violent.
2. Qui ne se manifeste pas de façon nette.
3. Faible, fragile.
4. Délicat.

effort, entre le pouce et l'index. Mais en la grattant, il la laissa tomber dans la neige et ne put la récupérer.

Il se leva, désespéré. Il ne pouvait même pas sentir son poids sur ses pieds, bien que ses chevilles aient été très douloureuses. Il remit ses moufles, sauta de côté, pour éviter que la neige ne tombe sur le nouveau feu qu'il allait construire, et il battit violemment le tronc d'arbre de ses mains.

Cela lui permit de séparer et de frotter une seconde allumette puis de mettre le feu à ce qu'il lui restait du morceau d'écorce de bouleau. Mais son corps était maintenant glacé, et il s'était mis à frissonner, si bien que lorsqu'il essaya d'ajouter les premières branches, sa main tremblait et la flamme minuscule s'éteignit.

Le froid avait triomphé de lui. Ses mains ne pouvaient plus lui servir. Mais il avait eu la présence d'esprit de laisser tomber le paquet d'allumettes dans la large entrée de sa poche extérieure avant d'enfiler ses moufles, en proie au désespoir, et de partir sur la piste. Cependant on ne peut pas dégeler des pieds humides avec soixante degrés au-dessous de zéro et même moins, comme il ne tarda pas à s'en apercevoir.

Il prit un tournant brusque du cours d'eau gelé pour arriver en un point où il voyait devant lui à un mille[5] de distance. Mais il n'y avait personne pour lui venir en aide, rien qui indiquât une présence, il n'y avait que des arbres blancs, des collines blanches ; le froid silencieux et l'immobilité, et un silence d'airain[6]. S'il avait seulement eu un camarade dont les pieds n'auraient pas été en train

5. Un mille équivaut à environ 1,6 km.

6. Total, d'une dureté implacable.

Un voyageur et ses chiens de traîneau près d'un feu de camp, illustration d'Olivier Kemp (1887-1934).

de geler, se disait-il, simplement un camarade pour allumer le feu qui pouvait le sauver !

Ses yeux se portèrent alors au hasard sur un autre tas de branchages et de feuilles déposé par les eaux en crue[1]. S'il pouvait seulement gratter une allumette, tout pourrait aller bien. Avec des doigts roidis qu'il ne pouvait plier, il sortit une poignée d'allumettes, mais s'aperçut qu'il lui était impossible de les séparer.

Il s'assit et les étala maladroitement sur ses genoux jusqu'à ce qu'il ait toutes ces allumettes posées sur la paume de sa main, les bouts soufrés faisant saillie[2], un peu à la manière de la façon qu'aurait la lame d'un couteau de chasse de faire saillie quand on le tient serré dans son poing.

Mais ses doigts restaient roides. Il ne pouvait rien saisir. Il en vint à bout en pressant dessus le poignet de l'autre main et en les forçant à serrer la poignée d'allumettes. En tenant ainsi les allumettes, il essaya à plusieurs reprises de les frotter sur sa jambe et il finit par y parvenir. Mais la flamme lui brûlait profondément la main et, sans pouvoir s'en empêcher, il relâcha sa pression. Les allumettes tombèrent dans la neige et, tandis qu'il tentait en vain de les ramasser, elles grésillèrent[3] et s'éteignirent.

Il se remit à courir, mais à présent, il avait une peur terrible. Ses pieds étaient complètement insensibles. Il buta[4] une fois sur un tronc enfoui dans la neige, cela le fit tomber dans la neige, lui meurtrit[5] le dos, mais ne lui causa aucune autre impression. Ses doigts étaient inutilisables et ses poignets commen-

1. Qui avaient débordé.
2. Dépassant.
3. Crépitèrent.
4. Trébucha.
5. Blessa.

çaient à s'engourdir. Son nez et ses joues étaient en train de geler, mais cela ne comptait pas. C'étaient ses pieds et ses mains qui devaient le sauver, s'il pouvait l'être.

Il se rappelait ce qu'on lui avait raconté au sujet d'un camp de chasseurs d'élans quelque part au-dessus des fourches de Paul Creek. Il ne devait pas en être loin, se disait-il, et s'il était capable de le découvrir, il pourrait y trouver de l'aide. Il y arriva cinq minutes plus tard. Il était abandonné et désert, de la neige s'était accumulée dans l'abri en branches de sapin sous lequel les chasseurs avaient dormi. Il s'effondra, en sanglotant. Tout était fini. Dans une heure, tout au plus, avec cette température terrifiante, il ne serait plus qu'un cadavre congelé.

Mais en lui l'amour de la vie était tenace[1]. Il se releva. Il pensait vite. Et si les allumettes lui brûlaient les mains ? Des mains brûlées valent mieux que des mains mortes. Pas de mains du tout, c'était encore mieux que la mort. Il longea[2] la piste jusqu'au moment où il arriva à un autre dépôt laissé par les eaux en crue. Il y avait des branchages, des feuilles, des herbes, le tout bien sec et attendant qu'on y mette le feu.

De nouveau, il s'assit, et répandit sur ses genoux le paquet des allumettes, les logea[3] sur la paume de sa main, avec le poignet de l'autre main pressa de nouveau les doigts privés de sensibilité sur le paquet et avec ce même poignet les y maintint. À la seconde tentative de grattage le paquet prit feu et il sut que s'il pouvait supporter la douleur, il était sauvé. Les vapeurs de soufre l'étouffaient, et la flamme bleue lui léchait les mains.

1. Résistant.
2. Suivit.
3. Plaça.

Au début, il ne sentait rien, mais la flamme ne tarda pas à brûler la surface gelée. L'odeur de chair grillée – sa chair à lui – arrivait, forte jusqu'à ses narines. Il se tordait de douleur, mais tenait bon. Il serrait les dents, se balançait d'avant en arrière, jusqu'à ce que jaillisse la flamme de l'allumette et qu'il l'approche des feuilles et des herbes.

Il s'ensuivit cinq minutes d'attente angoissée, mais le feu gagnait régulièrement. Il se mit alors à l'œuvre pour se tirer d'affaire. Des mesures héroïques étaient nécessaires, il en était réduit à cette extrémité, il prit donc ces mesures.

Alternativement, il frottait ses mains de neige, les exposait à la flamme, les heurtait aux troncs d'arbres les plus durs, et il parvint ainsi à rétablir sa circulation de manière à les rendre utilisables. À l'aide de son couteau de chasse, il sépara les courroies[4] de son sac, déroula sa couverture, sortit des chaussettes et des chaussures sèches.

Puis il coupa ses mocassins et dénuda ses pieds. Mais tandis qu'il avait pris des libertés avec ses mains, il tint ses pieds nettement à l'écart du feu et les frictionna avec de la neige. Il procédait ainsi jusqu'à ce que ses mains soient engourdies, couvrait alors ses pieds de la couverture, se réchauffait les mains devant le feu, et recommençait ses frictions.

Il travailla ainsi pendant trois heures jusqu'à ce que les pires effets du gel aient été combattus. Toute cette nuit-là il resta à côté du feu, et ce n'est que tard le lendemain qu'il entra dans le camp de Cherry Creek en boitant lamentablement.

4. Bandes de cuir servant d'attaches.

En un mois il était redevenu capable de se tenir sur ses pieds, mais ses orteils devaient toujours rester très sensibles au froid. Quant aux cicatrices de ses mains, il savait qu'il les emporterait dans la tombe. Et il applique à présent le précepte du Nord : *Ne voyagez jamais seul !*

Illustration de Boris Zworykine (1872-1942), extraite de *Récits et aventures polaires*, éditions Nathan, 1948.

Pause lecture 2

Deuxième partie

Une lutte acharnée contre le froid

Une première tentative l. 1 à 50, p. 25-26

Avez-vous bien lu ?

Pourquoi le feu s'éteint-il ?

❏ Des paquets de neige le noient.
❏ Il y a trop de vent.
❏ Les branchages sont trop humides.

La première construction du feu

1 Des lignes 1 à 9, relevez deux compléments circonstanciels de temps qui montrent combien la situation a changé en quelques secondes.

2 Pourquoi Tom a-t-il tout intérêt à réussir dès la première tentative ? Montrez qu'il met tout en œuvre pour triompher.

3 Comment nous est montrée la force du froid ? Quelle est l'impression créée sur le lecteur ?

Un échec cruel

4 Par quel mot le narrateur marque-t-il l'idée de rupture à la ligne 38 ? Quel événement met fin à la première tentative de Tom ?

5 Montrez comment cet événement obéit à un « effet domino » (enchaînement des actions). Pourquoi cet échec est-il cruel pour le héros ?

6 Quelles parties du corps sont touchées par la neige qui tombe ? Comment cela renforce-t-il l'inquiétude du lecteur ?

Un combat inégal l. 51 à 132, p. 26 à 30

Avez-vous bien lu ?

Pourquoi Tom Vincent éprouve-t-il des difficultés à rallumer un feu ?

- ❑ Les allumettes sont mouillées par la neige.
- ❑ Il ne trouve plus de branches.
- ❑ Ses doigts sont gelés et il ne parvient plus à tenir une allumette.

La montée du danger

1 Montrez que Tom fait preuve de sang-froid lors de sa deuxième tentative. Ce sentiment dure-t-il ? Justifiez votre réponse en vous appuyant sur le texte.

2 Relevez le champ lexical du froid. Par quels procédés le narrateur fait-il de cet élément un véritable personnage ?

3 Quelles sont les conséquences du froid sur le corps de Tom ? En quoi cela accentue-t-il la tension pour le lecteur ?

Une fin incertaine

4 Combien de tentatives Tom fait-il dans ce passage ? Pourquoi se soldent-elles toutes par un échec ?

5 Quel sentiment finit par assaillir le héros ? Que regrette-t-il ?

6 Vers où se dirige-t-il pour trouver son salut ? Montrez que son espoir est anéanti en relevant deux expressions qui révèlent l'état d'esprit du voyageur. À ce moment du texte, le lecteur peut-il être certain de l'issue de la nouvelle ? Expliquez.

Un acte héroïque l. 133 à 183, p. 30 à 32

Avez-vous bien lu ?

Que décide Tom pour sauver sa vie ?

❑ De courir le plus vite possible jusqu'au camp.
❑ De se brûler les mains pour allumer le feu.
❑ D'attendre des renforts.

Une scène violente

1 Quel raisonnement amène Tom à prendre la décision qui va le sauver ? Montrez que la scène est violente et relevez les indices qui montrent le courage du héros.

2 Une fois le feu allumé, quelles « mesures héroïques » (l. 158) prend-il ? Comment le rythme et la construction des phrases soulignent-ils l'urgence de la situation ?

3 Entre le départ de Tom et le moment où il est sauvé, combien de temps s'est écoulé ? Le rythme du récit est-il régulier ? Justifiez votre réponse.

Un récit initiatique

4 Quelles séquelles physiques Tom gardera-t-il ?

5 Quelle leçon tire-t-il de son expérience ? Justifiez le choix de l'italique pour la dernière phrase. Pourquoi peut-on parler de construction circulaire pour cette nouvelle ?

6 Montrez comment sa mésaventure a fait de Tom un nouvel homme. De quoi a-t-il fait l'expérience ?

Vers l'expression

Vocabulaire

1. Tom Vincent évolue dans des conditions de froid extrêmes. Reliez chaque expression au sens qui lui correspond. Attention : deux expressions différentes peuvent avoir le même sens.

Faire un froid de loup •	
Faire preuve de sang-froid •	• Ignorer quelqu'un
Subir un coup de froid •	• Tomber malade
Battre froid à quelqu'un •	• Faire très froid
Faire un froid de canard •	• Rester calme face à une situation critique
Attraper froid •	

2. Le narrateur parle de « l'immobilité » du paysage (l. 87, p. 27).

a. Comment ce mot dérivé est-il construit ?

b. Citez trois autres noms communs construits sur le même modèle.

À vous de jouer

Rédigez un article de journal

Vous êtes journaliste et avez interrogé Tom Vincent à son retour aux États-Unis. Vous rédigez ensuite un article sur lui en reprenant l'interview que vous avez réalisée.

Du texte à l'image

Observez l'affiche → voir dossier images p. II

Charles Chaplin, *The Gold Rush (La Ruée vers l'or)*, affiche du film, 1925.

1. Où le personnage se trouve-t-il ? Relevez les indices qui vous ont permis de répondre.
2. Sur quoi l'homme est-il assis ? Par quels autres moyens l'artiste suggère-t-il la rudesse des conditions de vie du personnage ?
3. Observez la tenue du héros. Est-elle appropriée à la situation ? Pourquoi ? Justifiez.
4. Le panneau planté dans la neige signifie « Ma concession ». Expliquez comment cette pancarte apporte une note humoristique à l'affiche.
5. **TICE** Faites une recherche sur ce film de Chaplin en vous rendant sur le site http://www.charliechaplin.com/fr. Quels liens Charlot entretient-il avec le héros de *Construire un feu* ?

Lire

Une mission de confiance

1908

Traduit de l'américain par Louis Postif et Paul Gruyer

Texte intégral

Qui sont les personnages ?

Louis Bondell

Au moment d'embarquer sur le *Seattle n° 4*, Louis confie une mission à son ami Fred Churchill : lui rapporter un sac de cuir.

➨ *Pourquoi le contenu de ce sac est-il si important ?*

Fred Churchill

Fred est un homme courageux, déterminé et un ami loyal.

➨ *La mission que Louis lui a confiée est-elle aussi simple qu'il y paraît ?*

Nick Antonsen

Nick se porte volontaire, avec Fred, pour rattraper le *Flora*.

➨ *Ce « géant allemand » sera-t-il à la hauteur de la tâche ?*

Le *Seattle n° 4*, ayant largué ses amarres[1], se mettait en marche et lentement commençait à s'éloigner du rivage. De la proue à la poupe[2], le pont était encombré de ballots[3] et de bagages, et on y voyait un grouillement hétéroclite[4] d'Indiens, de chiens et de conducteurs de chiens, de prospecteurs d'or et de mercantis[5] variés, qui s'en retournaient chez eux. Toute la foule de ceux qui demeuraient à Dawson se pressait et s'alignait sur le quai, pour faire ses adieux à ceux qui partaient. Lorsque la passerelle d'embarquement avait été tirée à terre et que l'eau du fleuve avait bouillonné sous l'hélice, les cris avaient redoublé et étaient devenus assourdissants. En cette minute dernière, chacun, tant sur le rivage que sur le bateau, avait encore quelque chose à dire à un parent ou à un ami. C'était à qui, par-dessus la nappe liquide qui s'élargissait, clamerait[6] un ultime message.

Sur le pont du vapeur, Louis Bondell frisait d'une main sa moustache fauve[7] et, d'un geste mou de l'autre main, lançait vers la terre et les camarades qu'il y laissait, un dernier adieu. Soudain, la pensée lui vint qu'il avait oublié quelque chose, et il se rua[8] vers le bastingage[9], en hurlant :

– Fred ! Ohé !… Ohé ! Fred !

Le Fred en question, de ses larges épaules, se fraya vivement un passage à travers la foule et, arrivé au premier rang, tendit l'oreille à l'appel de Louis Bondell. Celui-ci criait et se démenait comme un possédé[10]. Il en avait la face toute congestionnée[11]. Mais il était impossible, dans le bruit de l'hélice, de comprendre ce qu'il disait. Ce que

Dawson

Située dans le Yukon, au Canada (voir carte p. 10), la ville de Dawson est jusqu'en 1896 (début de la ruée vers l'or) un modeste comptoir de pêche. En 1898, elle compte 40 000 habitants, tous chercheurs d'or ! Elle est à moitié détruite en 1899 par un gigantesque incendie qui dégage une telle chaleur que l'or fond, dit-on, dans les banques.

1. Attaches.
2. De l'avant à l'arrière du navire.
3. Paquets.
4. D'origines différentes.
5. Marchands.
6. Crierait.
7. Rousse.
8. Se précipita.
9. Parapet bordant le pont d'un navire.
10. Fou.
11. Rouge foncé.

voyant, Louis Bondell se tourna vers la passerelle du navire, où se tenait le capitaine, et l'interpella :

– Hé là ! Capitaine Scott ! Arrêtez, s'il vous plaît ! Arrêtez !

Ainsi fut fait. À un coup de gong[1] du capitaine, le vapeur stoppa. Ce fut à qui profiterait de ce nouveau répit[2] pour réitérer[3] ses adieux et les cris furent tels que Louis Bondell ne put davantage se faire entendre.

Le *Seattle n° 4* commençait à s'en aller à la dérive[4], et le capitaine Scott dut commander machine arrière, pour maintenir en place le bateau dans le courant. Puis il disparut un instant dans sa cabine, et ressortit muni d'un énorme porte-voix. Il était doué naturellement d'une voix de stentor[5] et, quand il lança sur la foule un : « Silence ! » impératif, son ordre aurait pu être aussi bien entendu de la montagne de l'Élan et de Klondike-City. À terre et sur le navire, à cette injonction[6] venue d'en haut, le silence se fit instantanément.

– Allons, qu'as-tu à dire, mon garçon ? demanda à Louis Bondell le capitaine Scott.

– Je voudrais dire à Fred Churchill, qui est là, debout sur le quai, qu'il aille de ma part chez Macdonald. J'ai laissé chez celui-ci un sac à main qui m'appartient. Fred prendra ce sac et me le rapportera, quand, à son tour, il reviendra chez nous.

À travers le silence, le capitaine Scott beugla[7] le message au porte-voix :

– Hé ! toi, là-bas, Fred Churchill ! Va chez Macdonald. Tu y trouveras un sac à main appartenant à Louis

1. Instrument à percussion fait d'un disque de métal.
2. Délai.
3. Recommencer.
4. Dévier à cause du courant.
5. Voix forte et puissante.
6. Ordre.
7. Hurla.

Bondell. À ton retour, tu le rapporteras à son propriétaire. N'oublie pas, surtout !

Fred Churchill, de la rive, fit signe que c'était compris. Le capitaine Scott abaissa son porte-voix, le tumulte[8] des cris d'adieu recommença, tandis que l'hélice battait derechef[9] l'eau du Yukon, et le *Seattle n° 4*, après s'être dandiné[10] quelques instants, se mit à filer sur le fleuve. Bondell et Churchill, aussi longtemps qu'ils purent se voir, s'envoyèrent des signes réciproques de bonne chance et d'amitié.

Ce que nous venons de conter avait eu lieu durant l'été. L'automne venu, Fred Churchill, en compagnie de deux cents autres passagers rapatriés[11], s'embarqua sur le *W.-H. Willis*, qui remontait à son tour le Yukon. Il avait embarqué avec lui dans sa cabine, et soigneusement dissimulé dans son paquet de vêtements, le petit sac de cuir qui appartenait à Louis Bondell. Ce sac, bien fermé à clef, était fort lourd pour ses modestes dimensions. Il pesait dans les quarante livres[12]. Fred Churchill ne doutait pas qu'il ne fût bourré de poudre d'or et, plein de cette idée, il devenait nerveux dès qu'il lui fallait s'éloigner.

Si lui-même avait, plus pratiquement, transformé sur place ses bénéfices en bons « *bank-notes* »[13] qui ne quittaient point la doublure de sa chemise, il avait pour voisin dans la cabine attenant à la sienne un homme qui emportait, également caché dans un sac de vêtements, un petit trésor de poudre d'or. Tous deux avaient échangé des confidences et finalement s'étaient entendus pour monter la garde, à tour de rôle, contre un voleur éventuel.

La ruée vers l'or du Klondike

Après la découverte de poudre d'or en 1896 dans la rivière Rabbit Creek, affluent du fleuve Klondike, commence la plus grande ruée vers l'or de l'histoire. Environ 100 000 prospecteurs quittent tout pour tenter leur chance dans cette région. Toutefois, en raison des conditions extrêmes, seuls 40 000 hommes arrivent sur place, dont à peine 4 000 trouvent de l'or. Lorsqu'en 1899 on découvre de l'or en Alaska, tous s'y précipitent et abandonnent le Klondike.

8. Vacarme.
9. De nouveau.
10. Balancé.
11. Ramenés dans leur patrie.
12. Une livre anglaise est égale à 450 g.
13. Billets de banque.

À des signes certains, l'hiver s'annonçait précoce. De l'aube au coucher du soleil, et très tard dans la soirée, des discussions s'engageaient sur le vapeur, sur la question de savoir si celui-ci pourrait, jusqu'au bout, effectuer son voyage en eau libre. Ne serait-on pas, au contraire, contraint de l'abandonner et de poursuivre sur la glace ?

Il y eut des retards irritants[1]. Par deux fois se produisirent des accidents de machine. Il fallut réparer. Et les tempêtes de neige, se succédant sans interruption, avertissaient de se hâter[2]. La remontée des rapides[3] des Cinq-Doigts, avec une machine en mauvais état, fut laborieuse[4]. Le *W.-H. Willis*, tout époumonné[5], dut s'y reprendre à neuf fois avant de doubler[6], enfin, le courant violent. Une perte de quatre jours pleins, sur la date prévue, résulta de tous ces incidents, si bien qu'une inquiétante question se posa. Le vapeur *Flora* qui, au-delà du défilé[7] du Box-Cagnon, devait recevoir les passagers du *W.-H. Willis*, les attendrait-il ?

La partie du fleuve, en effet, qui coule dans ce défilé, et qui constitue ce qu'on appelle les rapides du Cheval Blanc, n'est pas navigable pour les vapeurs. Un transbordement[8] est nécessaire et les voyageurs doivent, en un long détour, contourner l'obstacle à pied ou en traîneau. Or, il n'existait ni télégraphe[9] ni téléphone permettant d'avertir le *Flora* que, malgré leurs quatre jours de retard, les passagers du *W.-H. Willis* arrivaient. Il y avait gros à parier que le second vapeur leur brûlerait la politesse[10].

Il en fut ainsi. Les premiers de la caravane qui parvinrent à l'eau libre apprirent des hommes du poste de police qui se trouvaient là que le *Flora*, après plus de trois

1. Énervants.
2. Se dépêcher.
3. Partie d'un cours d'eau où le courant est rapide, avec des tourbillons.
4. Pénible.
5. Essoufflé.
6. Dépasser.
7. Passage étroit entre deux falaises.
8. Passage d'un bateau à un autre.
9. Technique de télécommunication au moyen de signaux codés.
10. Partirait sans eux.

jours d'attente inutile, avait levé l'ancre[11] depuis quelques heures. On leur apprit également que le vapeur devait faire escale, plus haut en amont, au poste de Tagish, et qu'il y demeurerait jusqu'au lendemain, neuf heures du matin.

Le désappointement[12] fut général et la caravane en panne tint conseil[13]. Il était quatre heures du soir. Le poste de police possédait, pour son service, une grande pirogue, aux formes effilées[14], faite pour la course. Le chef du poste, à la condition expresse[15] qu'ils en répondraient[16] et la remettraient au poste du lac Bennet, consentit à la prêter à deux hommes de bonne volonté, qui se lanceraient avec elle à la poursuite du *Flora*. Une vingtaine de volontaires se présentèrent spontanément. Fred Churchill, toujours prêt à rendre service à ses semblables, était du nombre. Mais tout à coup, il songea au sac de Louis Bondell et regretta de s'être proposé. Intérieurement, il fit des vœux pour n'être point choisi.

Mais un gaillard qui s'était rendu fameux comme chef d'une équipe de football et comme président d'un club d'athlètes, qui passait pour un conducteur de chiens émérite[17] et pour un des plus habiles prospecteurs du Klondike, n'avait, avec ses robustes épaules, aucune chance d'échapper à pareil honneur.

Il fut désigné par acclamation, en même temps qu'un géant allemand nommé Nick Antonsen.

Tandis qu'un groupe de passagers chargeait la pirogue sur leurs épaules et la portait vivement vers le fleuve, Fred Churchill confiait aux bons soins de son ex-voisin de cabine son sac de vêtements, bien ficelé, et son contenu.

11. Était parti.
12. La déception.
13. Se réunit pour discuter de la situation
14. Allongées.
15. Stricte.
16. Qu'ils seraient responsables des dégâts éventuels.
17. Remarquable.

Puis il songea qu'il ne pouvait abandonner ainsi le sac de Louis Bondell, qui s'y trouvait inclus. Non, ce trésor de poudre d'or ne lui appartenait pas. Il en était responsable et ne devait pas s'en dessaisir. Il vida donc sur le sol toutes ses nippes[1], en tira le précieux sac de cuir et, le prenant à la main, courut vers le quai d'embarquement. La pirogue flottait déjà sur le Yukon. Chemin faisant, il n'avait pu s'empêcher de trouver que le petit sac était terriblement lourd et il se demanda si, en estimant son poids à quarante livres, il n'était pas demeuré au-dessous de la vérité.

Il était quatre heures et demie de l'après-midi lorsque les deux hommes se mirent en route. Le courant du fleuve était si rapide qu'à certains endroits il était impossible de le remonter à la pagaie[2]. Les deux hommes devaient alors accoster au rivage et, se frayant un chemin parmi les roches et les broussailles, haler[3] l'embarcation à l'aide d'une corde. Souvent, ils avaient de l'eau jusqu'aux genoux, voire jusqu'à la ceinture. Parfois, ils tombaient et se relevaient tout écorchés. Ils se remettaient ensuite à pagayer, entre les deux falaises abruptes qui étranglaient le courant. Il y avait des remous[4] furieux contre lesquels ils luttaient et c'était merveille[5] qu'ils pussent tenir sans être rejetés et brisés contre l'une ou l'autre des deux murailles.

Labeur[6] épuisant. Nick Antonsen, en vrai géant qu'il était, semblait à peine faire effort. Il trimait placidement[7]. Plus nerveux, Fred Churchill suait, soufflait et s'exaspérait[8]. Les deux hommes ne prenaient pas une minute de

1. Vêtements de peu de valeur.
2. Sorte de rame.
3. Tirer.
4. Tourbillons.
5. Étonnant.
6. Travail.
7. Travaillait dur sans dire un mot.
8. S'énervait.

repos. Il fallait aller de l'avant, aller, aller sans trêve[9]. Un vent glacé, rasant le fleuve, leur gelait les doigts sur leurs pagaies. De temps à autre, ils devaient battre des mains pour rétablir la circulation.

La nuit tombant n'arrêta pas leur course qui, dans l'obscurité, devint plus pénible encore. À plusieurs reprises, ils furent projetés contre des récifs[10] qu'ils n'avaient pu voir et qui les mirent en sang. Plusieurs fois aussi, ils échouèrent sur une des rives du fleuve.

Au premier de ces plongeons, le sac de Louis Bondell tomba dans le fleuve. Fred Churchill, après avoir beaucoup barboté, le repêcha, à tâtons, sous trois pieds[11] d'eau. Il en eut pour une demi-heure. Après quoi, et pour éviter qu'un pareil accident ne se renouvelât, il le ficela solidement à l'un des bois de la pirogue. Antonsen avait commencé par rire du sac. Il pestait[12] maintenant contre lui. Fred Churchill fit celui qui n'entendait pas.

Retards et malchances se succédèrent toute la nuit. Les deux hommes étaient exténués[13]. Leurs cœurs battaient à éclater. Ils n'étaient que deux pauvres choses servant de jouet au destin. Ils allaient pourtant.

Mais, quand l'aube parut, ils étaient loin encore de l'escale de Tagish. Après une dernière catastrophe qui retourna sur eux la pirogue et où ils faillirent couler en eau profonde, ils entendirent, sous le coup de neuf heures du matin, le sifflet du *Flora*. C'était le vapeur qui annonçait son départ. Une heure après, les deux hommes arrivaient à Tagish ; à peine alors purent-ils apercevoir un nuage de fumée qui s'éloignait vers le sud.

9. Sans s'arrêter.
10. Rochers.
11. Un pied égale environ 30 cm.
12. S'emportait.
13. Épuisés.

Ils n'étaient plus que deux loques humaines[1], trempées d'eau, aux vêtements en lambeaux[2] : le chef de poste, le capitaine Jones, de la police royale, les accueillit et les traita de son mieux. Il leur donna de quoi se restaurer. Jamais, contait-il par la suite, il n'avait vu d'appétits aussi formidables.

Bien repus[3], les deux hommes s'étendirent près du poêle, dans leurs habits mouillés et s'endormirent, Fred Churchill avec le sac de Bondell comme oreiller.

Au bout de deux heures, Churchill était déjà debout. D'un coup de pied, il réveilla Antonsen, prit le sac, et tous deux regagnèrent la pirogue, à la poursuite du *Flora*. Vainement, le capitaine Jones avait tenté de les en dissuader[4].

– Rien n'est impossible, répondit Churchill. Un accident, on ne sait quoi, peut survenir au vapeur et le retarder. Sa machine, sans doute, ne vaut pas mieux que celle du *W.-H. Willis*. Mon devoir est de le rattraper et de le ramener en arrière, pour prendre mes camarades.

Le fleuve, au-delà de Tagish, s'élargit comme un lac. Le vent d'automne le soulevait et déchirait les vagues qui se vaporisaient en écume blanche. Ayant vent debout[5], la pirogue embarquait d'énormes paquets d'eau et les deux hommes devaient constamment se relayer pour la vider à l'aide d'une écope[6]. De la tête aux pieds, ils étaient trempés d'eau glacée. Mais ils allaient toujours.

Le *Flora*, heureusement, était un vieux sabot[7] et le vent contraire gênait considérablement sa marche. À la fin du jour, il fit halte une heure ou deux, à l'extrémité du lac Tagish, pour réparer quelques avaries[8]. Et ce fut là

1. Hommes sans énergie.
2. En morceaux.
3. Ayant bien mangé.
4. Empêcher.
5. En face.
6. Instrument pour évacuer l'eau.
7. Mauvais bateau.
8. Dommages.

→ Du texte à l'image p. 23

Le Cutoof Canyon

Photographie, 1897-1898, coll. privée.

→ Du texte à l'image p. 37

La Ruée vers l'or

Affiche du film de Charles Chaplin, 1925.

→ Du texte à l'image p. 57

Des chercheurs d'or quittent Vancouver

Photographie, 1897-1898, coll. privée.

→ Du texte à l'image p. 75

Tempête en mer

Simon de Vlieger (1624-1674), huile sur toile (41 × 53 cm), 1640-1660, Milan, Castello Sforzesco.

qu'au plus fort d'une rafale de neige, les deux hommes le rejoignirent.

Ayant accosté le vapeur, ils appelèrent, et on leur jeta une échelle de corde. Antonsen s'affaissa sur le pont, comme une masse, et incontinent[9] se mit à ronfler, à la place même où il était tombé. Fred Churchill avait l'air d'un fou. À peine ses vêtements lui tenaient-ils au corps. Sa figure, à demi gelée, était toute boursouflée[10]. Ses mains étaient à ce point gonflées qu'il ne pouvait plus joindre ses doigts. Et ses pieds étaient en tel état qu'il ne pouvait se tenir debout.

On s'expliqua. Mais le capitaine du *Flora* ne voulait pas entendre parler de revenir en arrière et de s'en retourner aux rapides du Cheval Blanc. Fred Churchill voulait être obéi ; il était tenace et têtu, et le capitaine ne l'était pas moins.

– À quoi cela servirait-il ? observa celui-ci. Le dernier vapeur de haute mer de la saison, l'*Athénien*, qui se trouvait à Dyea, devait lever l'ancre le mardi matin… Il était matériellement impossible au *Flora* de revenir au Cheval Blanc pour y prendre les passagers en souffrance et d'être de retour à Dyea avant le départ de l'*Athénien*.

– À quelle heure part mardi l'*Athénien ?* interrogea Churchill.

– À sept heures du matin.

– Ça va !

En même temps, Fred Churchill envoyait une volée[11] de coups de pieds dans les côtes d'Antonsen, qui ronflait toujours.

9. Aussitôt.
10. Enflée.
11. Série de coups.

Descente d'un rapide au Canada, photographie, vers 1920.

– Capitaine, dit-il, retournez au Cheval Blanc. Antonsen et moi, nous filons en avant pour prévenir l'*Athénien* et le retenir jusqu'à votre retour.

Antonsen, abruti de sommeil, n'avait pas encore recouvré ses esprits qu'il était comme un paquet dans la pirogue. Il ne se rendit compte de ce qui se passait qu'en se sentant inondé jusqu'aux os, par l'écume glacée d'une énorme vague, et en entendant Fred Churchill qui, d'une voix hargneuse[1], lui criait dans la nuit :

– Alors, quoi ? Tu ne peux pas ramer ? Tu as peut-être envie de te noyer…

Toute cette nuit-là les deux hommes ramèrent. Lorsque le jour parut, le vent s'était apaisé, mais Antonsen était à ce point épuisé qu'il lui était impossible de seulement soulever sa pagaie. Fred Churchill tira l'embarcation sur le rivage, en un endroit tranquille, et son camarade et lui s'assoupirent. Fred Churchill avait eu grand soin de tenir ses bras croisés sous sa tête afin que, gêné par la mauvaise circulation, il ne pût s'endormir trop profondément. Plusieurs fois, il se réveilla pour consulter sa montre. Au bout de deux heures, il se releva et secoua Antonsen, qu'il remit debout.

Le lac Bennet, auquel les deux hommes ne tardèrent pas à arriver, mesurait trente milles[2] de long. L'eau y était calme comme le bief[3] d'un moulin. L'accalmie dura peu et, comme l'embarcation était en plein milieu du lac, le vent du sud s'éleva, soulevant les flots. Il fallut, comme sur le lac Tagish, recommencer à lutter contre les paquets d'eau glacée qui déferlaient sur la pirogue et inondaient les rameurs. Antonsen était décidément à bout. Churchill

1. Pleine de colère.
2. Un mille équivaut à environ 1,6 km.
3. Canal qui conduit l'eau vers un moulin.

le bourrait[1] sans pitié. Mais bientôt il fut trop évident qu'il n'y avait plus rien à tirer du lourd géant. Il combattrait seul.

Il atteignit de la sorte, assez tôt dans l'après-midi, l'extrémité du lac Bennet et le poste qui s'y trouve. En vain essaya-t-il d'extirper[2] Antonsen de la pirogue : rien à faire. Il se pencha sur lui, écouta sa pesante respiration, et se prit à l'envier, en songeant à ce qui restait encore à faire.

L'Allemand pouvait rester là, à dormir, alors que lui, il avait encore à franchir, à pied et sans retard, les hautes et redoutables passes[3] du Chilcoot, seule voie de terre vers le Pacifique et vers Dyea. La lutte véritable allait commencer et il songeait, avec une nuance de mélancolie, à l'effort suprême qu'il lui restait à demander à sa robuste carcasse.

1. Frappait.
2. Tirer.
3. Passages.

Pause lecture 3

Première partie

Un voyage plein d'imprévus

Une demande de dernière minute l. 1 à 69, p. 41 à 43

Avez-vous bien lu ?

Qu'a oublié Louis Bondell ?

❑ Une lettre.
❑ Un sac à main.
❑ De l'argent.

Le départ du navire

1 Quelles catégories de passagers embarquent sur le *Seattle n° 4* ? Quelle hypothèse peut-on formuler sur les activités de Louis Bondell ?

2 Par quels procédés le narrateur montre-t-il l'effervescence qui règne autour du bateau ?

3 L'attitude de Louis est-elle à l'image de l'agitation qui l'entoure ? Quel événement l'amène à changer de comportement ? Relevez les mots qui soulignent cette évolution.

Un message difficile à délivrer

4 À quelles difficultés Louis se heurte-t-il pour faire entendre son message ? Quelle solution sera finalement adoptée ?

5 Combien de fois le message est-il rapporté ? Sous quelle forme de discours ? Quel effet est ainsi produit ?

6 Quelle particularité physique de Fred Churchill est mise en avant dans ce passage ? Pourquoi ce détail est-il important pour la suite ?

Le retard du vapeur l. 70 à 159, p. 43 à 46

Avez-vous bien lu ?

Pourquoi le vapeur prend-il du retard ?

❑ Des accidents mécaniques gênent son voyage.
❑ La glace bloque le passage du bateau.
❑ Il fait des escales imprévues.

Une correspondance manquée

1 À quelle saison Fred Churchill embarque-t-il sur le *W.-H. Willis* ? Quels signes indiquent que l'hiver arrive ? Pourquoi est-ce un problème ?

2 Expliquez pourquoi le *W.-H. Willis* ne peut pas transporter les passagers jusqu'à leur destination finale. Qu'auraient-ils dû faire ? Comment le retard du premier vapeur a-t-il compromis le déroulement du voyage ?

Une solution risquée

3 Quelle est la solution proposée pour rattraper le *Flora* et lui demander de revenir en arrière ? Quel est le premier réflexe de Fred ? Pourquoi le regrette-t-il ensuite ?

4 Pour quelles raisons Fred et Nick Antonsen sont-ils choisis parmi les volontaires ?

5 Selon Fred, que contient le sac de son ami ? Montrez, en vous appuyant précisément sur le texte, qu'il se sent responsable de cet objet.

6 Comment est soulignée la gêne que va représenter le sac de Louis Bondell durant l'aventure de Fred ?

Une navigation très pénible l. 160 à 311, p. 46 à 52

Avez-vous bien lu ?

Sur quel type de bateau ont embarqué les deux hommes ?

❏ Un vapeur.

❏ Une barque à moteur.

❏ Une pirogue.

Jusqu'à Tagish

1 À quelle heure Fred et Nick sont-ils partis ? À quelle heure arrivent-ils à Tagish ? Combien d'heures ont-ils donc pagayé ?

2 Faites la liste des obstacles qui s'opposent à leur navigation. Relevez tous les mots qui traduisent l'acharnement des deux hommes.

3 « Ils n'étaient que deux pauvres choses servant de jouet au destin. » (l. 197-198) Quelle est la figure de style utilisée ? Expliquez pourquoi tous leurs efforts ont été inutiles.

Après Tagish

4 Pourquoi le capitaine du *Flora* refuse-t-il de revenir en arrière ? Que décide alors Fred ? Quelles différences physiques et morales apparaissent entre le héros et Nick Antonsen ?

5 Que comprend Fred en constatant l'épuisement de Nick ? En quoi cela renforce-t-il le caractère exceptionnel de cet homme ?

6 Par quel moyen va-t-il poursuivre sa route ? Quelle expression emploie-t-il pour désigner la suite de son trajet ? Quel effet cette annonce provoque-t-elle sur le lecteur ?

Vers l'expression

Vocabulaire

1. Fred évolue sur un bateau et utilise le vocabulaire de la navigation. Dans chaque liste, désignez l'intrus et cherchez la définition de chacun des mots.

a. Chaloupe – goélette – goéland – paquebot.

b. Phoque – spi – voile – mât.

c. Gouvernail – bar – barre – safran.

2. « Il vida donc sur le sol toutes ses nippes. » (l. 152-153) « Nippes » est un terme familier qui signifie « vêtements ». Recopiez et complétez le tableau ci-dessous en suivant l'exemple.

Langage familier	Langage courant	Langage soutenu
Nippes	Vêtements	Atours
	Bateau	
Cavaler		
	Lutte	

À vous de jouer

Rédigez un récit

Vous faites partie des spectateurs qui ont assisté au départ du *Seattle n° 4*. Vous rentrez chez vous et racontez cette expérience à votre famille, en lui faisant part des événements et de vos émotions.

Du texte à l'image

Observez la photographie → voir dossier images p. III

Des chercheurs d'or quittent Vancouver pendant la ruée vers l'or du Klondike, photographie, 1897-1898, coll. privée.

1 Dans quel but ces hommes quittent-ils Vancouver ? Observez les emplacements qu'ils occupent sur le bateau : qu'apprenons-nous sur l'ampleur de cet événement ?

2 Quels gestes font ceux qui partent ? Quels sentiments traduisent-ils ? Décrivez les vêtements des personnages : quelles catégories sociales sont représentées ?

3 Observez la machinerie. Sur quel type de bateau ces hommes embarquent-ils ?

4 À quels moments de la nouvelle de London *Une mission de confiance* pense-t-on en voyant cette photographie ? Pourquoi ?

Le passage du Chilcoot, en Alaska, photographie, fin du XIXe siècle.

La pirogue amarrée sur la grève[1], il empoigna le sac de Bondell et, à l'allure d'un chien qui trotte en clopinant[2], il gagna le poste de police.

– Il y a là, sur le lac, clama-t-il au chef de poste, une pirogue qui vous appartient et qui arrive avec moi du Box-Cagnon. Il y a là-dedans un homme à demi claqué. Rien de grave d'ailleurs. Une grande fatigue, et rien de plus. Vous prendrez soin de lui. Moi, je n'ai pas de temps à perdre. Je vais à Dyea, prévenir l'*Athénien*. Je vous salue bien.

Et Fred Churchill reprit immédiatement sa course, comme s'il avait eu le diable à ses trousses. Un mille[3] environ séparait le lac Bennet du lac Linderman. Il le couvrit en serrant les dents. Ce n'eût rien été sans le sac, sur lequel il ne cessait de tenir son attention éveillée, le repassant alternativement de sa main droite à sa main gauche, d'autres fois le mettant sous son bras. Il essaya de le caler sur son épaule, en l'y maintenant d'une main. Mais ce n'était pas pratique. Le sac ballottait et, tandis qu'il courait, lui heurtait la tête ou lui dégringolait dans le dos. Ses doigts enflés et meurtris lâchaient prise à tout moment. Le sac chut[4] à terre plusieurs fois. À lui-même, il advint[5] de trébucher et de s'étaler violemment sur le sol.

Au lac Linderman, il trouva à acheter, pour un dollar, un lot de vieilles courroies dont il se fabriqua une sorte de harnais[6]. Il fréta[7] aussi un canot, qui le transporterait, lui et son colis, à l'autre extrémité du lac. La traversée eut lieu sans encombre[8] et il débarqua sur le rivage opposé, à quatre heures de l'après-midi.

1. Le rivage.
2. En boitant.
3. Un mille équivaut à environ 1,6 km.
4. Tomba.
5. Arriva.
6. Équipement qui permet de porter plus facilement.
7. Loua.
8. Sans difficulté.

C'était le lendemain matin, à sept heures, lui avait-on dit, que l'*Athénien* devait quitter Dyea. Restaient encore, pour Fred Churchill, vingt-huit milles à franchir, vingt-huit milles y compris le Chilcoot. Un instant, pour réajuster ses chaussures avant d'entreprendre la longue escapade de la montagne, il s'assit. Immédiatement, il s'assoupit. Mais, trente secondes après, il était sur pied, car il sentait que s'il cédait au sommeil, il ne se réveillerait plus à temps ; et ce fut debout qu'il acheva de vérifier ses chaussures.

Fugitif[1] comme une lueur d'éclair, le sentiment lui vint qu'il allait céder au sommeil et qu'en dépit de sa volonté, tous ses muscles se détendant, son corps allait s'effondrer. D'un effort rageur, il se raidit, se ramassa sur lui-même et ne tomba pas. Mais cette dépense d'énergie lui causa un ébranlement[2] cérébral infiniment douloureux. Il tremblait de tous ses membres. Il se frappa le front de la paume de ses mains, comme pour mieux retrouver ses esprits.

À ce moment, par une chance inespérée, passait Jack Burns, qui regagnait son campement du lac du Cratère, avec ses deux mules[3]. Il invita Churchill à enfourcher l'une d'elles et à charger son sac sur la seconde. Fred Churchill refusa de se séparer du sac et déclara qu'il préférait le tenir devant lui, sur sa selle. Mais, comme il tombait de sommeil, il croyait à tout instant que le sac allait lui échapper. Et de fait, celui-ci ne cessait de glisser d'un côté ou de l'autre.

Lorsque la nuit fut venue, la mule que chevauchait Fred Churchill mit en contact son cavalier avec une

1. Rapide.
2. Tremblement.
3. Animaux qui supportent très bien les charges lourdes.

grosse branche de sapin, qui dépassait sur le sentier. Fred en eut la joue toute fendue. Comble de malheur, la mule, peu après, fit un faux pas et s'abattit, envoyant l'homme et le sac rouler sur les rochers. Après quoi, Fred Churchill résolut[4] d'aller à pied, en tenant la bête par la bride[5] et en trébuchant avec elle dans les roches et les cailloux roulants.

La piste rude que suivait la petite caravane était envahie d'une infecte puanteur car, de chaque côté, gisaient tous les cadavres de chevaux tombés et crevés dans la course vers l'or. Mais Churchill n'y prêtait guère attention. Une seule pensée l'obsédait : ne point dormir. Il réussit à se tenir éveillé et, en passant près du lac Profond, il se décida à confier à Burns le sac de Louis Bondell. À la faible lueur des étoiles, il ne cessait de surveiller Jack Burns et ne le quittait pas des yeux. Il importait, avant tout, que rien n'arrivât à ce sac.

Au lac du Cratère, on se sépara et Fred Churchill, chargeant le sac sur son dos, continua seul à gravir les pentes supérieures du Chilcoot. Le sentier se faisait de plus en plus escarpé et Churchill, entre les deux précipices à pic qui bordaient sa route, commençait réellement à se sentir très fatigué.

Il se traînait ; sa démarche ressemblait à l'allure du crabe. Ses membres lui pesaient d'un poids très lourd ; l'effort de lever le pied lui paraissait énorme.

Il croyait, dans une sorte d'hallucination, être chaussé de plomb, comme un scaphandrier[6]. À grand-peine pouvait-il résister à l'envie qui lui prenait, à tout instant, de palper ses semelles pour vérifier la réalité de la chose.

4. Décida.
5. Courroie.
6. Plongeur muni d'une combinaison qui va de la tête aux pieds et dont les semelles sont en plomb.

Quant au sac de Bondell, il lui semblait incompréhensible qu'un sac aussi peu volumineux pût peser autant. Ces quarante livres l'écrasaient littéralement sous leur poids. Il reporta son esprit en arrière et se remémora, avec étonnement, qu'il avait l'an passé, en arrivant au Pays de l'Or, franchi allègrement ce même Chilcoot, avec un bagage de deux cent cinquante livres sur le dos. Décidément non, ce n'était pas quarante livres, mais cinquante au moins que devait peser le sac de Louis Bondell.

Au-delà du lac du Cratère, la piste s'élevait, d'abord assez bien tracée, dans une forêt de sapins, puis franchissait un petit glacier. Il n'y avait plus ensuite qu'un chaos[1] de rochers, dépourvus de toute végétation, et de blocs erratiques[2]. C'était le diable d'y démêler sa route, dans l'obscurité noire. À tout moment, il fallait revenir sur ses pas et faire quatre fois pour une le chemin nécessaire.

Fred Churchill atteignit enfin le faîte[3] du col ; il y soufflait un vent furieux, tout plein de neige. Il alla donner du nez[4], providentiellement[5], dans une petite tente qui était déserte et où il s'introduisit en rampant. Il y trouva quelques pommes de terre frites, qu'il avala gloutonnement, et une douzaine d'œufs crus qu'il goba[6].

Quand la bourrasque de neige commença à s'apaiser, il entreprit de descendre l'autre versant de la montagne. C'était, dans la nuit, une aventure hasardeuse entre toutes. Plus encore qu'en montant, Fred Churchill tout grelottant trébuchait et tremblait, roulait avec son sac sur des pentes vertigineuses bordées d'insondables[7] précipices ; pour seul guide, la lueur des étoiles, heureusement reparues.

1. Grand désordre.
2. Éparpillés.
3. Sommet.
4. Trouva.
5. Par chance.
6. Avala.
7. Très profonds.

Mais, à mi-côte, celles-ci disparaissaient de nouveau sous les nuages et Fred Churchill, dans un passage spécialement mauvais, culbuta, cul par-dessus tête, et roula sans savoir où. Il atterrit, meurtri et ensanglanté, dans une sorte de trou pestilentiel[8], où il fut d'abord comme suffoqué. C'était là que les guides et les porteurs du Chilcoot avaient coutume de précipiter leurs bêtes épuisées ou mourantes. Le trou était plein de chevaux morts. Churchill en compta, en tâtonnant, dix-sept. Plus un dix-huitième, qui vivait encore, et qu'il acheva de son revolver.

En s'aidant des pieds et des mains, asphyxié à en mourir, il se tira hors de ce charnier[9]. Puis il se souvint que le sac de Bondell était tombé avec lui. Il redescendit dans le trou pestilentiel, s'y traîna sur les genoux et finalement retrouva l'objet. Quand il rejoignit la piste avec son précieux fardeau, il ne put s'empêcher de songer, lui qui, pourtant, avait accompli déjà dans sa vie maint[10] acte méritoire, maint notable exploit, qu'avoir repêché ce sac dans cette fosse dépassait en héroïsme tout ce dont il se faisait gloire[11].

Au-delà des Balances, le plus dur était terminé. La pente s'adoucissait et le chemin devenait plus aisé[12]. Aisé est une façon de parler. Mais la piste était à peu près praticable et certainement Fred Churchill eût-il regagné beaucoup du temps perdu s'il avait vu clair tout d'abord, s'il n'avait pas ensuite été chargé du malheureux sac. Le sac de Bondell était le rien dont le poids lui faisait franchir les limites possibles de la fatigue. Il s'accrochait aux branches, comme pour le tirer en arrière. Il parachevait[13]

8. Qui sentait très mauvais.
9. Trou dans lequel se trouvent de nombreux cadavres.
10. Un grand nombre de.
11. Était fier.
12. Facile.
13. Portait à son maximum.

l'épuisement. Et Fred Churchill ne cessait de se répéter que, s'il manquait l'*Athénien*, ce serait de la faute du sac. Tandis qu'il marchait, le sac de Louis Bondell et le paquebot se confondaient dans son esprit en un même cauchemar, s'identifiaient l'un à l'autre en une commune et surnaturelle mission dont il avait charge, et pour laquelle il trimait[1] depuis des siècles.

Ainsi Fred Churchill arriva-t-il, dans un rêve, au Campement des Moutons. Il entra, tout trébuchant, dans une auberge et, débouclant les courroies, se débarrassa les épaules de ce sac de malheur. Le sac, lui glissant entre les mains, tomba lourdement sur le plancher, avec un bruit sourd, qui fit dresser l'oreille à deux hommes qui sortaient de l'auberge à ce moment même. Fred Churchill absorba un verre de whisky, s'assit sur une chaise, les pieds appuyés sur le sac, et laissa tomber sa tête sur ses genoux, après avoir prié le tenancier[2] du lieu de le réveiller au bout de dix minutes.

L'homme n'oublia pas la recommandation. Mais quand il eut réveillé Fred Churchill, celui-ci avait le corps tellement raide que dix nouvelles minutes et un deuxième verre de whisky lui furent nécessaires pour qu'il pût rendre à ses articulations leur souplesse et quelque élasticité à ses muscles. Il sortit brusquement et l'aubergiste qui le vit s'engager dans une fausse direction dut courir après lui pour l'orienter, dans la nuit, vers Canyon-City. Churchill, toujours comme en un rêve, s'élança sur la piste indiquée.

Un vague raisonnement, qui subsistait en lui, lui disait de se méfier. Il ne savait pas de quoi, bien exac-

1. Travailler très durement.
2. L'aubergiste.

tement. Mais il pressentait un danger immédiat et, à tout hasard, il prit en main son revolver. Il lui sembla voir deux hommes qui s'avançaient soudain vers lui, comme deux fantômes, et il les entendit qui lui criaient : « Halte-là ! » Il répondit en pressant quatre fois, dans leur direction, la détente de son arme. Il entendit également crépiter leurs revolvers et il sentit qu'il avait été atteint à la cuisse, il vit tomber un des deux hommes et l'autre s'élança vers lui. Alors, il écrasa d'un coup de crosse la figure de son agresseur ; puis, se détournant, se remit à courir.

Tandis qu'il descendait, en clopinant[3], la piste qu'il avait reprise, il se réveilla tout à fait. Sa première pensée fut pour le sac. Il était toujours sur son dos. Il était persuadé qu'il venait de traverser une sorte de cauchemar. Mais, ayant cherché son revolver à la ceinture, il constata qu'il ne l'avait plus. En même temps, il ressentit à la cuisse une brûlure cuisante et, ayant porté la main, il vit que sa main était tiède de sang. La blessure était superficielle, mais bien réelle. Fred Churchill, de plus en plus réveillé, hâta le pas, autant qu'il put.

Il rencontra une cabane, à laquelle il cogna. L'homme qui l'habitait possédait une charrette et deux chevaux. S'étant levé, il attela[4] moyennant vingt dollars. Churchill se hissa péniblement dans la charrette et s'y endormit, toujours harnaché de son sac. Le chemin qui descendait vers la vallée de Dyea était terriblement raboteux[5] et semé de galets ronds et polis. Aux cahots[6] trop violents, Fred Churchill était parfois projeté à deux ou trois pieds[7] en l'air, ce qui le réveillait. Puis il se rendormait. Les sou-

3. En boitant.
4. Attacha le cheval à la charrette.
5. Rocailleux.
6. Secousses.
7. Un pied égale 30 cm environ.

bresauts[1] secondaires le laissaient indifférent. Le dernier mille à parcourir était plus facile. En sorte que Churchill s'endormit profondément.

Quand il s'éveilla, énergiquement secoué par le conducteur de la charrette, l'aube s'était levée et il se trouvait à Dyea, au bord de l'océan Pacifique. Tandis qu'il se frottait les yeux, l'homme lui criait dans les oreilles que l'*Athénien* était parti. Il sursauta, puis regarda, tout déçu, le quai qui était vide.

– Il y a de la fumée, là-bas, vers Skagway, dit l'homme.

Fred Churchill avait les yeux trop enflés pour pouvoir distinguer quoi que ce soit, mais il répondit :

– Je rattraperai le vapeur. Trouve-moi un canot.

L'homme était serviable. Il trouva rapidement un canot libre que le propriétaire mit à la disposition de Fred Churchill pour dix dollars. Pour ce prix, il s'engageait en outre à ramer. Churchill paya les dix dollars, se fit descendre dans le canot, opération qu'il n'eût pu exécuter seul, et s'y étendit tout de son long, heureux à la pensée de reprendre son somme. Il y avait six milles environ de Dyea à Skagway.

Mais le propriétaire du canot n'était pas fichu de ramer convenablement. Fred dut prendre les avirons et s'exténuer[2] durant quelques siècles de plus. Il connut là, durant ces six milles, la notion vraie de l'éternité et comme le fond de la souffrance. Une coquine de petite brise soufflait dans la baie et contrariait la marche du canot. Fred sentait la tête lui tourner et, au creux de l'estomac, une angoisse terrible. Allait-il se trouver mal ?

1. Secousses.
2. S'épuiser.

Il ordonna à son compagnon de lui lancer à la figure de l'eau salée.

L'*Athénien*, juste au moment où Fred Churchill l'accosta, était en train de lever l'ancre. Churchill ramassa ses dernières forces pour crier, d'une voix rauque[3] :

– Arrêtez ! Arrêtez ! J'apporte un message important ! Stoppez !

Et son menton retomba sur sa poitrine. Cinq ou six hommes vinrent le chercher dans le canot. Il était complètement inerte[4] et avait perdu connaissance. Quand on l'eut hissé à bord, il rouvrit les yeux, regarda autour de lui et se précipita sur le sac de Louis Bondell, auquel il s'accrocha frénétiquement[5], comme un noyé à une épave[6].

Tout le monde, sur le pont, fit cercle autour de lui. Il était à la fois un objet de curiosité et d'horreur. Des vêtements qu'il avait sur le corps, quand il quitta les rapides du Cheval Blanc, quelques haillons[7] seulement restaient. Et lui-même n'était pas moins lamentable. Cinquante-cinq heures durant, il avait physiquement fourni tout ce dont il était capable. Il avait, au total, dormi six heures et il avait perdu vingt livres de son poids. Sa figure, ses mains, son corps entier, n'étaient qu'écorchures et meurtrissures, et il était aux trois quarts aveugle.

Il tenta de se remettre debout, sans y réussir. Écrasé sur le pont et toujours cramponné[8] à son sac, il balbutia le motif de son raid[9], puis conclut :

– Et maintenant, mettez-moi au lit, je vous prie. Je mangerai quand j'aurai dormi.

Fred Churchill fut traité avec grand honneur. Le capitaine ordonna qu'il fût, y compris le sac de Bondell, trans-

3. Enrouée.
4. Immobile, comme sans vie.
5. Violemment.
6. Débris de navire à la mer.
7. Vêtements déchirés.
8. Accroché fermement.
9. Trajet.

porté avec ses loques[1] et sa saleté dans la cabine réservée aux nouveaux mariés, qui était la plus belle et la plus confortable du navire. Il y dormit d'affilée deux fois le tour du cadran.

À son réveil, il prit un bain et, entièrement retapé[2], rasé de frais, il était accoudé au bastingage[3] de l'*Athénien*, en train de fumer un cigare, lorsque les deux cents camarades qu'il avait laissés en arrière le rejoignirent et embarquèrent.

Lorsque l'*Athénien* fut arrivé à Seattle, Fred Churchill, plus dispos[4] que jamais, descendit à terre ; il portait à la main le sac de Louis Bondell. De ce fardeau il était justement fier. Il symbolisait pour lui la satisfaction du devoir accompli et de l'honnêteté prouvée. Et il se répétait à lui-même :

– Je livre ce qu'on m'a confié…

Le jour commençait à décroître[5] et il se rendit sur-le-champ chez Bondell. Celui-ci l'accueillit avec effusion[6], lui serra les deux mains à la fois, et l'invita à entrer.

Fred Churchill, ayant donné le sac, Bondell le prit et le jeta, tel quel, sur son lit.

– Ah ! merci, vieux ! dit-il. C'est bien aimable à toi de me l'avoir rapporté.

Et Churchill observa que, sous le poids dudit sac, les ressorts du lit avaient fléchi, puis rebondi. Il cligna de l'œil, d'un air entendu. Le précieux colis était lourd, et il en savait quelque chose.

Louis Bondell, cependant, le bombardait de questions :

– Que s'est-il passé, là-bas, depuis mon départ ? Comment vont les camarades ? Qu'est devenu Bill

1. Vêtements en lambeaux.
2. Remis en forme.
3. Parapet bordant le pont d'un navire.
4. En bonne santé.
5. Diminuer.
6. Avec des marques d'affection.

Smithers ? Bishop est-il toujours associé avec Pierre ? Mes chiens se sont-ils bien vendus ? A-t-on trouvé de l'or au Sulphur Bottom ? Tu as une riche mine, sais-tu ! Quel est le bateau qui t'a ramené ?

Une demi-heure durant, Fred Churchill répondit aux questions de Bondell. Puis la conversation commença à tomber. Fred fit un mouvement de tête vers le sac et suggéra :

– Tu pourrais, peut-être, y jeter maintenant un coup d'œil…

– Oh ! ça va bien… répondit Bondell. Parle-moi plutôt du *claim*[7] de Mitchell. A-t-il rapporté tout ce qu'on en attendait ?

Tu ferais mieux, vraiment, insista Churchill, de vérifier ce sac. Quand j'accepte une mission de confiance, j'aime à savoir si l'on est content de moi. Quelqu'un peut y avoir mis le nez pendant que je dormais. On ne sait jamais. J'aimerais savoir que tout y est en ordre.

– Peuh ! Ne te fais pas de bile[8], mon vieux. Ça n'en vaut pas la peine, je t'assure…

Et Bondell se prit à rire.

– Pas la peine… répéta Fred Churchill, d'une voix blanche. Pas la peine…

Puis il eut un sursaut et reprit, avec fermeté :

– Louis, qu'y avait-il dans ce sac ? Je veux le savoir !

Louis le regarda d'un air bizarre. Il quitta la pièce un instant et revint avec un trousseau de clefs. Avec l'une d'elles, il ouvrit le sac de cuir, y plongea la main, et en tira un gros et lourd revolver Colt, de calibre 44. Quelques

7. Parcelle de terre donnée en concession pour l'exploitation de l'or.

8. Souci.

Les armes à feu

La vie des chercheurs d'or était violente et pleine de dangers. Ils étaient donc armés. L'arme qu'a transportée Fred Churchill est un colt de calibre 44, de 35 cm de longueur et pesant 1,8 kg environ non chargé. Il tire des balles de 11 mm de diamètre. Le poids du sac vient donc de l'arme elle-même, mais surtout des munitions et cartouches transportées.

boîtes de munitions à l'usage du revolver suivirent, puis tout un assortiment de cartouches Winchester.

– Voilà, dit-il quand il eut terminé.

Fred Churchill alla vers le sac, le prit dans ses mains, et regarda à l'intérieur si c'était bien tout. Puis, machinalement, il le retourna et le secoua avec précaution.

– Le revolver est rouillé… observa Bondell. Il a dû rester sous la pluie.

– Évidemment… répondit Churchill. Il a été mouillé, et c'est dommage. J'en ai pris insuffisamment soin.

Et il sortit.

Au bout de dix minutes, Louis Bondell ne le voyant pas revenir, sortit à son tour. Il trouva Churchill assis sur les marches du perron, les coudes sur les genoux, le menton dans ses mains. L'homme, comme hébété[1], regardait fixement dans les ténèbres.

1. Assommé.

Pause lecture 4

Deuxième partie

Dépasser ses limites

Un trajet cauchemardesque l. 1 à 156, p. 58 à 64

Avez-vous bien lu ?

Pourquoi Fred Churchill poursuit-il sa route seul ?

- ❏ Parce que Nick Antonsen en a eu assez et a fait demi-tour.
- ❏ Parce que Nick Antonsen est épuisé et incapable de continuer le périple.
- ❏ Parce que Nick Antonsen est mort d'épuisement.

Vaincre la fatigue

1 Des lignes 30 à 89, relevez les indices qui prouvent que Fred est dans un état d'épuisement extraordinaire. De quelles qualités fait-il preuve en poursuivant sa route ?

2 Montrez que le sac est à la fois un fardeau et un tourment perpétuels.

3 Quels aspects de la nature rendent ce trajet pénible et périlleux, malgré l'aide de Jack Burns ?

Une descente aux enfers

4 Relisez la description du Chilcoot (l. 99 à 105). En quoi est-ce un paysage infernal ?

5 Quelle est la particularité du trou dans lequel tombe Fred ? Quelle dimension prend alors la conduite de Fred ?

6 Quelles conséquences l'épuisement de Fred a-t-il sur sa perception de ce qui l'entoure et de ce qu'il vit ?

7 Relevez les expressions qui prouvent que le sac est une obsession et transforme son expédition en calvaire.

La fin du calvaire l. 157 à 277, p. 64 à 68

Avez-vous bien lu ?

Pourquoi Fred Churchill est-il agressé par deux hommes ?

- ❑ Il a été impoli envers eux.
- ❑ Il leur a volé quelque chose.
- ❑ Ils veulent voler son sac.

Une mauvaise rencontre

1 Quel événement attire l'attention des deux hommes vers le sac de Fred ? Quelle hypothèse formulent-ils probablement ?

2 Montrez que la scène du combat entre Fred et ses agresseurs est d'une grande violence.

3 Qui Fred rencontre-t-il après sa mésaventure ? Qu'espère alors le lecteur ?

4 Quelle ultime déception attend Fred à son arrivée à Dyea ? Que trouve-t-il encore la force de faire ?

La dernière étape

5 Dans quel état le héros arrive-t-il à bord de l'*Athénien* ? Quels sentiments inspire-t-il aux passagers du navire ? Expliquez.

6 Combien de jours le voyage de Fred a-t-il duré ? Combien d'heures a-t-il dormi ? A-t-il réussi la mission confiée par les passagers du *W.-H. Willis* ? Est-elle, à ses yeux, la plus importante ? Justifiez votre réponse.

Mission accomplie ? l. 278 à 343, p. 68 à 70

Avez-vous bien lu ?

Que contenait le précieux colis ?

❑ Un revolver et des munitions.
❑ De la poudre d'or.
❑ Des souvenirs du Klondike.

Le doute s'installe

1 De quoi Fred est-il fier ? A-t-il conscience d'avoir réalisé un exploit ? De quelle qualité fait-il preuve ?

2 Pourquoi Fred est-il persuadé que ce colis est précieux ? Observez l'attitude de Louis. Comment peut-on interpréter sa nonchalance ?

3 En étudiant les types de phrases et les modes verbaux, analysez l'évolution de l'attitude de Fred des lignes 307 à 323. Que comprend-il peu à peu ?

Une déception aussi forte que l'épreuve traversée

4 Le lecteur pouvait-il deviner quel était le véritable contenu du sac ? Comment s'appelle une fin brutale dans une nouvelle ?

5 Fred a-t-il bien rempli sa mission ? Pourquoi ? Comment pourrait-on qualifier ce retournement de situation ?

6 Le contenu du sac méritait-il que Fred endure toutes ces épreuves ? Comment comprenez-vous l'attitude du héros à la fin de la nouvelle ?

Vers l'expression

Vocabulaire

1. « Péniblement » (l. 204), « terriblement » (l. 206), « profondément » (l. 212), « énergiquement » (l. 213).

a. Quelle est la classe grammaticale de ces mots ?

b. Expliquez leur formation.

c. Des lignes 231 à 251, relevez trois autres mots formés de la même façon.

2. « Pas la peine... répéta Fred Churchill, d'une voix blanche. » (l. 320-321)

a. Expliquez le sens de l'expression « d'une voix blanche. ».

b. Complétez les expressions suivantes avec la couleur qui convient et expliquez-les.

Avoir une peur	Être .... de rage	Être .... de honte
Rire	Voir la vie en	Broyer du ....

À vous de jouer

Écrivez un dialogue argumentatif

Fred vient d'arriver sur l'*Athénien* et il doit convaincre le capitaine d'attendre l'arrivée du *Flora*. Vous rédigerez le dialogue entre les deux hommes.

Du texte à l'image

Observez le tableau → voir dossier images p. IV

Simon de Vlieger (1624-1674), *Tempête en mer*, huile sur toile (41 × 53 cm), Milan, Castello Sforzesco.

1 Dans quelle situation le bateau se trouve-t-il ?

2 Par quels moyens l'artiste suggère-t-il le danger ?

3 Observez les jeux d'ombres et de lumières. Quelle direction le bateau semble-t-il vouloir suivre ? Vers quelle zone la mer le ramène-t-elle ? Que craint le spectateur ?

4 Analysez le rapport de force entre l'homme et la nature dans ce tableau.

5 En 1912, un transatlantique heurte un iceberg et fait naufrage. De quel navire s'agit-il ? Était-il dans la même situation que le trois-mâts représenté sur le tableau ? Expliquez.

Questions sur…

Les deux nouvelles

1. *Construire un feu*

1 Quel conseil Tom Vincent refuse-t-il au début de la nouvelle ? Pourquoi va-t-il changer d'avis ?

2 À partir de quel moment Tom devient-il véritablement un héros ? Justifiez votre réponse.

3 Montrez que *Construire un feu* est une nouvelle initiatique, dans laquelle le héros évolue.

2. *Une mission de confiance*

4 Faites la liste des dangers que le héros doit affronter au fur et à mesure qu'il avance. À quelle progression obéissent-ils ?

5 Quel est, selon Fred Churchill, le contenu du sac de cuir qu'il transporte au péril de sa vie ? Que contient-il, en réalité ? Quel effet la fin de la nouvelle provoque-t-elle ?

6 Comment expliquer l'acharnement du héros à vouloir accomplir sa mission ?

3. Comparaison entre les deux nouvelles

7 Où se situent les deux nouvelles ? Quelle est la place de la nature dans les deux textes ? Quels rapports l'homme entretient-il avec elle ?

8 Quelles qualités Tom Vincent et Fred Churchill ont-ils en commun ? Quels défauts partagent-ils également ?

9 Comment Jack London construit-il le suspense dans chacune des deux nouvelles ?

4. La nouvelle d'aventures

10 À quel siècle le genre de la nouvelle d'aventures est-il apparu ? Citez quelques auteurs représentatifs et leurs principales œuvres. Aidez-vous des pages 80 à 83 pour répondre.

11 Qu'est-ce qui différencie le héros des récits d'aventures américains des héros des romans européens ? Aidez-vous de la page 83 pour répondre.

12 Quelle nouvelle de London avez-vous préféré ? Vous justifierez votre réponse par deux ou trois arguments.

Traîneau tiré par des chiens en Alaska, photographie, avril 1914.

Après la lecture

Genre

La nouvelle d'aventures

Thème

L'aventure américaine

Genre

La nouvelle d'aventures

◆ D'où vient la nouvelle ?

La nouvelle a de nombreux ancêtres au Moyen Âge comme **le lai,** petit conte en vers, ou **le fabliau**, conte à rire avec une visée morale. Mais elle naît véritablement en Italie à la Renaissance grâce à **Boccace**. Durant une épidémie de peste, dix personnes se réfugient à la campagne. Afin de passer le temps, elles décident d'un jeu : chaque jour un des participants devra raconter une histoire courte sur un thème donné. ***Le Décaméron*** de Boccace est le premier véritable recueil de nouvelles.

« Un récit court, avec une intrigue vive et rapide »

Le genre se développe dans le monde entier et connaît son **heure de gloire au XIXe siècle**, avec des auteurs comme Poe, Maupassant, Gogol ou Mérimée. Les nouvelles sont alors largement diffusées dans les journaux et touchent un large public.

◆ Comment définir la nouvelle ?

La nouvelle n'obéit à aucune règle particulière ; elle est donc difficile à définir. Elle entretient un lien profond avec le roman mais s'inspire également du théâtre.

La nouvelle est un **récit court** (entre trois et trente pages environ), **avec peu de personnages et une intrigue vive et rapide**.

La nouvelle peut avoir une fin morale ou se terminer sous la forme d'une chute qui surprend le lecteur et l'amène à réfléchir sur ce qu'il vient de lire.

◆ La nouvelle d'aventures

Le récit d'aventures, roman ou nouvelle, est l'**héritier des romans de chevalerie**. Il connaît son essor au XIXe siècle avec des œuvres comme *Les Trois Mousquetaires* d'Alexandre Dumas, *L'Île au trésor* de Robert-Louis Stevenson ou les nombreux romans de Jules Verne (*Vingt Mille Lieues sous les mers, Un hivernage dans les glaces*...).

Le genre repose avant tout sur l'**imagination** : imagination qui poussera le héros à se lancer dans des aventures extraordinaires, mais aussi et surtout imagination du lecteur qui se laisse transporter dans un récit étonnant et passionnant.

Le personnage central du récit d'aventures, à l'image de Fred Churchill, est doté de toutes les qualités : **le courage, la bonté, la force** ; il est parfois moins parfait, et fascine tout autant le lecteur, comme Tom Vincent qui, au début de *Construire un feu*, semble bien trop orgueilleux, mais qui va susciter l'admiration en dépassant ses propres limites.

Les **péripéties** sont au cœur du récit d'aventures. Le héros va vivre un certain nombre d'aventures plus rudes les unes que les autres qui vont rythmer le cours du récit et qui constituent de véritables épreuves à surmonter. Jack London excelle dans cet exercice en maintenant son lecteur en haleine par des successions d'obstacles et de malheurs qui poussent les héros aux limites de l'humain.

> *« De l'imagination et des péripéties »*

Le roman et la nouvelle d'aventures ont largement inspiré le cinéma, la bande dessinée et les jeux vidéo, qui en ont repris les principales caractéristiques. ■

Thème

L'aventure américaine

Les récits d'aventures américains ont leurs thèmes et leurs particularités qui, par bien des aspects, les distinguent des récits d'aventures européens.

◆ Une nature fascinante mais dangereuse

Les Américains entretiennent un **rapport très fort à la nature** qui est l'un des thèmes privilégiés de leur littérature. L'homme cherche à communier avec cette nature puissante et généreuse, comme Tom Sawyer, dans le roman de Mark Twain, qui voyage sur les rives du Mississipi. L'homme la dompte par le **travail agricole** qui, loin d'être considéré comme dégradant, représente une des facettes du **rêve américain**.

« *Le héros mène un combat contre la nature.* »

Toutefois, la nature est aussi très dangereuse. Les paysages américains sont fascinants, mais hostiles ; en témoignent les périls encourus dans les rapides du Mississipi dans le film *La Rivière sans retour* d'Otto Preminger, les conditions extrêmes de l'Alaska qui poseront tant de difficultés aux personnages de Jack London et de Charles Chaplin, ou la baleine blanche qui lutte contre le capitaine Achab, dans *Moby Dick* de Herman Melville.

Ainsi, le héros des récits d'aventures américains mène souvent un **combat contre lui-même** et contre cette force extraordinaire que représente la nature, à la fois éblouissante et dangereuse par sa puissance.

◆ L'inscription dans l'Histoire américaine

L'intrigue des récits d'aventures américains s'inscrit dans la grande **Histoire des États-Unis**. Ainsi, *Le Dernier des Mohicans* de James Fenimore Cooper se situe durant la conquête de l'Ouest, qui a également nourri le genre du western au cinéma. La ruée vers l'or du Klondike a marqué l'histoire de l'Amérique d'une empreinte indélébile et elle est au centre des nouvelles de Jack London, *Construire un feu* et *Une mission de confiance*.

◆ Des héros en évolution

Par rapport à leurs homologues européens, les héros des récits d'aventures américains semblent **en perpétuelle évolution** et sortent transformés par leur expérience.

De plus, ils sont souvent à double facette. Achab est un excellent capitaine et un homme courageux, mais son obsession à traquer Moby Dick l'aveugle et finira par le perdre. L'expérience vécue par le personnage principal prend parfois la forme d'**une initiation**. Ainsi, dans *Construire un feu*, Tom Vincent ressort grandi de son aventure qui le rend meilleur. Cependant le changement est parfois tardif et peut se révéler négatif. Dans *Une mission de confiance*, le périple de Fred Churchill ne le fait pas évoluer : une fois ses forces retrouvées il reste le même. Il ne changera qu'à la toute fin du récit, lorsqu'il prend conscience de sa méprise et par là de son échec. Il est alors dévasté, et l'on ne sait pas s'il s'en relèvera.

> *« Les héros sont en perpétuelle évolution. »*

Le héros des récits d'aventures américains n'est pas parfait et ne peut pas toujours être pris comme modèle. Mais c'est aussi ce qui fait de lui un homme auquel le lecteur s'attache. ■

Autre lecture

Thomas
Mayne Reid

Les Ours grizzly

1893

Trad. André Laurie
Texte intégral

Une autre aventure dans le Grand Nord...

Qui est Thomas Mayne Reid ?

Thomas Mayne Reid (1818-1883)

Thomas Mayne Reid est un écrivain américain d'origine irlandaise, également connu sous le nom de « Capitaine Reid ». Destiné à une carrière de pasteur, il décide à l'âge de vingt ans d'abandonner l'Irlande pour les États-Unis. Là, il mène d'abord une vie aventureuse de trappeur, exerce durant quelques années le métier de journaliste, avant de devenir capitaine de volontaires dans la guerre contre le Mexique (1846-1848).
Dans les années 1850, il choisit de se consacrer à l'écriture. Ses récits d'aventures évoquant la culture amérindienne obtiennent immédiatement un grand succès et sont régulièrement réédités depuis.

Je vais vous raconter une aventure qui m'est arrivée avec des ours grizzly[1]. Je voyageais alors en compagnie de gens de mœurs[2] bizarres, des « chasseurs de chevelures »[3], dans les montagnes, près de Santa-Fé[4], où nous avions été ensevelis, au moment où nous y pensions le moins, dans les tourbillons d'une neige épaisse qui nous empêchait de continuer notre chemin et de quitter l'endroit où nous nous trouvions alors.

Le canyon, vallée profonde dans laquelle nous avions établi notre camp, était difficile à franchir en toute saison, et dans ce moment surtout le sentier, couvert d'une épaisse couche de neige trop molle pour supporter notre poids, était devenu impraticable. Lorsque le jour parut, nous nous trouvâmes complètement enterrés.

La petite plate-forme sur laquelle nous étions campés[5], et qui pouvait avoir deux ou trois arpents[6] d'étendue, exposée comme elle l'était au vent qui la balayait sans cesse, n'avait pas jusqu'alors été encombrée par la neige ; sa surface était couverte de quelques pins épars, mal venus et totalement dépouillés de feuilles ; il

1. Ours brun de 2,5 m de long et 300 kg environ.
2. Modes de vie.
3. Indiens d'Amérique du Nord.
4. Ville américaine du Nouveau-Mexique, à 2 100 m d'altitude.
5. Avions établi un campement.
6. Un arpent mesure 60 m environ.

Trappeurs autour d'un feu, gravure de Fanny Palmer, 1866.

y avait environ de cinquante à soixante pieds d'arbres en tout. C'était avec ce bois que nous entretenions nos feux ; mais à quoi nous servait le feu puisque nous n'avions pas de viande à faire cuire ?

Depuis trois jours nous étions sans vivres[1], entendez-vous ? mais cependant nous ne nous trouvions pas tout à fait sans nourriture. Les hommes avaient découpé les fourreaux[2] de cuir de leurs fusils et les doublures de peau de chat de leurs poches à balles, et on en voyait qui mangeaient, pour dernière ressource, – je me trompe pourtant, il en restait encore une, – on en voyait, dis-je, qui décousaient la semelle de leurs mocassins[3] afin de s'en rassasier[4].

– L'horizon s'éclaircit un peu par là-bas.

Le trappeur Garey, qui s'était levé de sa place et se tenait tourné du côté de l'est, venait de prononcer ces paroles.

En un mot nous fûmes tous sur pied, promenant d'avides regards dans la direction indiquée. C'était vrai ! On apercevait une éclaircie dans le ciel de plomb qui nous assombrissait depuis si longtemps ; une longue bande jaunâtre, qui s'élargit pendant que nous la considérions, scindait[5] l'horizon en deux. La neige devenait moins épaisse et ses flocons plus légers ; en moins de deux heures elle avait entièrement cessé de tomber.

Nous partîmes bientôt, au nombre de six, armés de nos carabines, dans le but d'aller explorer le bas de la vallée. Le désespoir et la faim paralysaient nos forces, et, l'un après l'autre, nous abandonnâmes l'entreprise pour retourner au camp.

1. Provisions.
2. Étuis.
3. Chaussures en cuir souple.
4. Remplir l'estomac.
5. Partageait.

Nous étions accroupis autour de nos feux, gardant tous un sombre silence. Garey continuait à marcher de long en large ; tantôt il contemplait le ciel, tantôt il s'agenouillait et passait la main sur la surface de la neige. Enfin il s'approcha du feu, et nous dit avec ce ton de voix lent, traînant et nasillard[1] particulier aux Yankees[2] :

– Je crois qu'il va geler.

– Eh bien ! supposons qu'il gèle ? demanda un de ses compagnons, sans se soucier qu'on répondît à sa question.

– S'il gèle ! répéta le trappeur, nous serons hors d'ici avant le lever du soleil, nous marcherons sur un sentier dur et bien battu.

Tout d'un coup un craquement se fit entendre au-dessus de nos têtes, on aurait dit le bruit que fait un arbre mort en se fendant. Un être de dimension énorme, un animal, s'était précipité et tombait, en roulant comme un tourbillon, du haut d'une galerie taillée à mi-côte dans le rocher. Un instant après il touchait à terre, la tête en avant, avec un fracas terrible, et bondissant à plusieurs pieds de hauteur, il retombait d'aplomb sur ses quatre pattes.

Un hurrah involontaire fut poussé à l'instant par les chasseurs, qui tous, du premier coup d'œil, avaient reconnu le « carnerocimeron » ou bouquetin à grosses cornes. Il avait franchi le précipice en deux bonds, tombant chaque fois sur ses énormes cornes, dont la forme était celle de croissants dentelés.

1. Qui vient du nez.
2. Américains.

Pendant un instant, les chasseurs et le gibier parurent également surpris de se trouver en présence, ils restèrent à se regarder en silence. Mais aussitôt les premiers coururent à leurs carabines, et l'animal, revenu de sa surprise, rejeta sa tête et ses cornes sur ses épaules, et s'élança sur la plate-forme. En douze ou quinze bonds il était arrivé sur la bordure du terrain couvert de neige, et il s'enfonça dans ses molles profondeurs. En même temps plusieurs coups de feu retentirent, et on put apercevoir derrière lui de longues traces de sang. Il allait toujours néanmoins, sautant et bondissant au milieu de la neige, dans laquelle il disparaissait souvent tout entier.

Nous nous élançâmes sur ses traces avec une ardeur pareille à celle de loups affamés ; les nombreuses taches qui rougissaient le sentier nous prouvaient que l'animal perdait tout son sang ; et en effet, à cinquante pas plus loin, nous le trouvâmes expirant[3].

Un cri de joie fit connaître à nos compagnons l'heureux succès de notre chasse : nous commencions déjà à traîner notre proie vers le campement, lorsque des clameurs partant de la plate-forme vinrent frapper nos oreilles. C'était un mélange confus de voix d'hommes, de cris de femmes, entremêlés d'imprécations[4] et d'exclamations de terreur.

Nous nous précipitâmes vers l'entrée du sentier qui conduisait à notre lieu de halte, et là nos yeux furent témoins d'une scène bien faite pour frapper d'épouvante le cœur du plus courageux. Les chasseurs, les Indiens, les femmes couraient çà et là comme des gens

3. Mourant.
4. Malédictions.

atteints de folie, poussant des hurlements horribles, impossibles à expliquer, se montrant l'un à l'autre du geste la cime[1] des rochers. Nos regards se portèrent dans cette direction. Une rangée de créatures affreuses se tenaient au bord du précipice. Nous les reconnûmes aussitôt. C'étaient les monstres les plus redoutés de la montagne, c'étaient des ours grizzly.

Il y en avait cinq ! cinq en vue, sans compter ceux qui pouvaient se trouver attardés. Cinq ours ! C'était plus qu'il n'en fallait pour nous exterminer tous, parqués dans un étroit espace, et affaiblis par la faim comme nous l'étions.

Ils étaient arrivés là à la poursuite du bouquetin, et on pouvait deviner à la lueur sinistre qui s'échappait de leurs yeux que la faim et la rage de se voir privés de leur proie les pousseraient à quelque extrémité. Deux d'entre eux étaient déjà parvenus en rampant jusqu'au bord de l'escarpement[2], en reniflant et en sondant le sol avec leurs pattes, comme s'ils cherchaient un endroit favorable pour descendre.

Les trois autres quadrupèdes s'assirent sur leurs pattes de derrière et se mirent à faire manœuvrer leur train de devant[3] d'une façon extraordinaire, en exécutant la pantomime[4] la plus bizarre. On aurait dit des hommes recouverts de peaux de bêtes.

Nous n'étions pas dans une situation d'esprit qui nous permît de prendre goût à ce divertissement. Chacun se hâta d'aller prendre ses armes, et ceux qui avaient fait feu les rechargèrent au plus vite.

1. Le sommet.
2. De la pente.
3. Partie avant du corps.
4. Sorte de mime.

– Arrêtez, sur votre vie, ne tirez pas ! s'écria Garey, saisissant le canon du fusil de l'un des chasseurs.

L'avis venait trop tard. Une douzaine de balles sifflaient déjà dans la direction des ours.

L'effet de la fusillade fut celui qu'attendait le trappeur. Les ours, rendus furieux par les balles qui ne leur avaient fait pas plus de mal que des piqûres d'épingles, retombèrent sur leurs quatre pattes, et poussant des grognements de colère, se mirent en devoir de descendre.

La confusion fut alors à son comble[5]. Quelques hommes, moins braves que leurs camarades, coururent se blottir dans la neige, tandis que d'autres grimpaient le long des pins qui se trouvaient à leur portée.

– Faites cacher les femmes ! s'écria Garey. Allons donc ! Si vous ne voulez pas combattre, veillez aux femmes, tous tant que vous êtes, faites-les cacher dans la neige. Tas de lâches ! Pouah ! Vers la terre ! Pourceaux[6] !

– Sauvez les femmes, docteur, dis-je à l'Allemand qui, selon moi, nous était d'un secours inutile pendant la bataille, et sans se faire prier, celui-ci, aidé de quelques Mexicains, entraîna les femmes effrayées vers l'endroit où nous avions laissé notre gibier.

La plupart d'entre nous savait que, dans les circonstances actuelles, se cacher était pire que combattre. Les ours, rendus sagaces[7] par leur férocité, nous auraient déterrés l'un après l'autre et massacrés en détail. Il fallait donc les attendre et leur livrer bataille : tel était le mot d'ordre, et nous étions résolus[8] à ne pas nous départir de cette résolution[9].

5. Maximum.
6. Cochons (*injure*).
7. Malins.
8. Décidés.
9. À ne pas changer d'avis.

Nous étions une douzaine de combattants en tout, y compris les Delawares et les Shawonoes[1], Garey et les autres trappeurs.

Nous ouvrîmes le feu sur les ours qui couraient le long des arêtes tortueuses du canyon pour arriver jusqu'à nous. Par malheur, nos carabines n'étaient pas en état, nos doigts étaient roides[2] de froid et nos nerfs affaiblis par la faim. Nos balles faisaient saigner ces hideuses brutes, mais aucune des blessures n'était mortelle : nos coups n'avaient d'autre résultat que celui d'exciter leur rage.

Quel moment terrible fut celui où nous nous aperçûmes que nos dernières munitions étaient épuisées sans que nous eussions eu la chance d'abattre un seul de nos ennemis ! Nous jetâmes de côté nos carabines, et, saisissant nos haches et nos couteaux de chasse, nous attendîmes de pied ferme ces farouches adversaires.

Nous nous étions avancés tous contre le rocher, afin de porter les premiers coups aux ours grizzly, qui, ordinairement, descendent à reculons. Nous fûmes encore déçus dans cette espérance. Arrivés à une galerie située à environ dix pieds au-dessus de la plate-forme, celui qui se trouvait en tête, s'apercevant de la position que nous occupions, hésita tout à coup : on aurait dit qu'il n'osait plus descendre. L'instant d'après, ses compagnons, rendus furieux par leurs blessures vinrent s'abattre sur la même galerie, et, soudain, tous les cinq se précipitèrent au milieu de nous.

1. Peuples amérindiens.
2. Raides.

Alors commença une lutte désespérée, que je ne saurais décrire. Les clameurs des coureurs des bois[2], les cris sauvages de nos alliés indiens, les rauques hurlements des ours, le bruit des tomahawks[3] résonnant sur les crânes comme sur des cailloux, le cliquetis inexprimable des couteaux de chasse, et puis, de temps à autre, un gémissement humain lorsqu'une griffe crochue s'enfonçait dans les muscles de l'un de nous ! C'était une scène d'horreur qu'aucune plume ne saurait décrire avec exactitude.

Partout, sur la plate-forme, les hommes et les ours tombaient ensemble, se débattant dans cette lutte suprême, d'où dépendaient la vie ou la mort, à travers les arbres et dans les profondeurs de la neige, qu'ils teignaient ensemble de leur sang.

À droite, deux ou trois chasseurs n'avaient qu'un ennemi à combattre ; à gauche, un d'entre nous, plus brave, se défendait tout seul. Plusieurs étaient déjà étendus par terre, et à chaque instant, les ours, victorieux, diminuaient le nombre des nôtres.

J'avais été renversé dès le commencement de l'action. Lorsqu'il me fut possible de me remettre sur mes jambes, je vis l'animal qui m'avait attaqué étreindre[4] dans ses bras le corps d'un homme qui gisait à terre. C'était Garey. Je me penchai sur l'ours et je le saisis par l'échine, afin de me soutenir, car j'étais tout étourdi de faiblesse ; nous en étions tous réduits là. Je frappai de toute ma force, et je lui enfonçai mon couteau dans les côtes.

3. Trappeurs.

4. Haches de guerre utilisées par les Indiens.

5. Serrer.

L'animal féroce lâcha aussitôt le Français, et se retourna contre moi. Je voulus éviter son étreinte, et tout en marchant à reculons, je me défendis avec mon couteau.

Tout à coup j'arrivai près d'un trou rempli de neige et je tombai sur le dos. Au même instant, je sentis sur moi le corps pesant du grizzly, et le contact de ses griffes qui s'enfonçaient profondément dans mon épaule. L'haleine fétide[1] du monstre me suffoquait, et tandis que je frappais au hasard de mon bras droit demeuré libre, nous roulâmes, à plusieurs reprises, l'un sur l'autre.

J'étais aveuglé par la neige ; mes forces m'abandonnaient ; je perdais tout mon sang. Je poussai enfin un cri de désespoir ; mais ma voix était si faible, qu'il eût été impossible de l'entendre à dix pas de moi. Un sifflement étrange parvint à mes oreilles ; une lueur brillante me passa devant les yeux ; un objet incandescent[2] s'approcha de mon visage au point de me roussir la peau ; je sentis une odeur de poils brûlés ; j'entendais des voix qui se mêlaient aux rugissements de mon adversaire. Tout à coup les griffes se retirèrent de ma chair, le poids qui oppressait ma poitrine disparut ; j'étais seul, tout à fait seul.

Je me remis sur mes pieds, et me frottai les yeux pour en faire disparaître la neige qui m'aveuglait. Lorsque j'eus recouvré la vue j'eus beau regarder, je ne vis plus rien, j'étais plongé dans un trou profond, creusé par la lutte, mais tout était calme devant moi.

1. Infecte.
2. En flamme.

La neige qui m'entourait était rougie par le sang ; mais qu'était devenu mon terrible adversaire ? Qui m'avait délivré de son étreinte mortelle ?

Je parvins sur la plate-forme en chancelant. Là, une autre scène vint frapper mes regards. Un homme d'un aspect bizarre et fantastique courait de tous côtés tenant en main un tison[3] gigantesque, la cime d'un pin tout entier enflammée comme une torche, qu'il brandissait dans l'air. Il poursuivait un ours, et, l'animal, hurlant de rage et de douleur, faisait tous ses efforts pour atteindre les rochers. Deux autres de ces monstres les avaient déjà gravis à moitié, bien qu'avec peine, car le sang coulait en abondance de leurs flancs criblés[4] de blessures.

L'animal poursuivi atteignit les hauteurs, poussé par la flamme qui lui rôtissait les côtes. Il fut bientôt hors de la portée de son ennemi, qui aussitôt se tourna vers un quatrième aux prises avec deux ou trois de nos compagnons. Celui-ci fut encore mis en fuite et alla rejoindre ses camarades sur les rochers. Le chasseur fantastique cherchait le cinquième, mais il avait disparu. Le sol était jonché d'hommes blessés et presque sans mouvement ; quant à l'ours, on n'en voyait point de traces. Il avait dû s'échapper sous la neige.

J'en étais encore à me demander quel était l'homme au tison et d'où il avait pu venir. J'ai déjà dit que c'était un individu d'un aspect extraordinaire, et je n'ai rien exagéré. Il ne ressemblait à aucun des chasseurs de notre caravane, du moins je ne le connaissais pas. Il avait la tête chauve ou plutôt entièrement rasée. On

3. Morceau de bois en flammes.

4. Couverts.

Un trappeur attaqué par un grizzly dans une forêt d'Amérique du Nord, lithographie, vers 1870.

ne découvrait aucun cheveu ni sur le crâne ni sur les tempes[1] ; son front dénudé reluisait à la lueur du feu comme de l'ivoire poli. Mon esprit flottait encore dans une incertitude sans pareille, lorsqu'un de nos compagnons, Garey, encore étendu sur la plate-forme où l'avait couché un des ours, se leva tout à coup sur ses jambes en s'écriant :

– Bravo, docteur ! Mes amis, trois hurrahs pour le docteur.

À mon grand étonnement, je reconnus alors les traits de notre camarade, qui par l'absence de sa brune chevelure, avait opéré en lui une métamorphose si complète que jamais je n'aurais pu croire qu'une perruque pût changer à ce point la physionomie[2] d'un chrétien.

– Voilà votre toupet[3], docteur ! s'écria Garey, qui accourait porteur du « gazon »[4]. De par le tonnerre ! vous nous avez tous sauvés.

Et le chasseur étreignit[5] l'Allemand dans ses bras nerveux.

Partout, autour de nous, on ne voyait que des blessés, qui, rampant sur la neige, se réunirent peu à peu. Mais où pouvait être le cinquième ours, puisqu'on n'en avait vu que quatre s'enfuir à travers les rochers ?

– Le voilà, fit une voix.

Une légère ondulation sous la croûte de la neige nous prouva que quelque animal cherchait à se frayer un passage en dessous.

Plusieurs d'entre nous prirent leurs carabines pour se mettre à sa poursuite ; le docteur s'arma d'un nouveau tison ; mais bien avant que nous eussions eu le

1. Côtés du front.
2. Apparence.
3. Touffe de cheveux.
4. De la perruque.
5. Serra.

temps de faire nos préparatifs, un cri formidable vint encore faire figer notre sang dans nos veines. Aussitôt les Indiens, saisissant leurs tomahawks, s'élancèrent en bondissant vers l'ouverture du sentier. Ils savaient bien ce que voulait dire ce « whoop » inattendu : c'était le cri de mort d'un guerrier de leur tribu.

Ils se glissèrent dans le sentier que nous avions frayé[1] le matin, suivis de ceux qui avaient pu recharger leurs armes. Du sommet de la plate-forme, nous les suivions d'un œil inquiet ; mais avant qu'ils ne fussent arrivés au lieu du combat la voix s'était éteinte. Il nous parut évident que la lutte avait cessé.

Nous attendions dans un morne silence. Le mouvement de la neige nous indiquait la rapidité de la course des Peaux-Rouges. Ils arrivèrent enfin sur le champ de bataille ; mais une fois parvenus là, comme tout rentra dans le calme le plus profond, nous prévîmes[2] qu'une catastrophe était arrivée. Le sort de l'Indien nous fut bientôt annoncé par une exclamation sauvage pleine de tristesse qui fit retentir l'écho du canyon entier de ces accents lugubres ; elle annonçait la mort d'un guerrier thawano[3].

Ils avaient trouvé leur brave camarade expirant au moment où il avait planté son couteau dans le cœur de son terrible adversaire !…

Ce souper de viande d'ours nous coûtait cher ; mais la mort de notre camarade sauvait la vie des autres ; c'était un sacrifice providentiel ! Nous gardâmes le bouquetin pour le repas du lendemain ; le jour suivant nous mangerions la racine, et après cela… quoi ?

1. Dégagé.
2. Sentîmes.
3. Indien.

– Un homme, peut-être.

Heureusement, nous ne fûmes pas réduits à cette extrémité. La gelée était revenue, et la surface de la neige, détrempée d'abord par le soleil et la pluie, se durcit bientôt et put supporter notre poids. Il nous fut enfin possible de sortir de ce dangereux passage et de gagner tranquillement les régions plus tempérées de la plaine.

L'ours et les deux compagnons (détail), gravure de Jean-Baptiste Oudry, XVIIIe siècle.

À lire / à voir

À lire

D'autres récits de Jack London

L'Appel de la forêt, 1903
Buck, le chien du juge Miller, est volé et vendu à un trafiquant de chiens de traîneau. Envoyé dans l'Alaska et le Yukon, il devra s'adapter aux conditions climatiques et s'imposer parmi ses semblables.

Croc-Blanc, 1906
Croc-Blanc est le fils d'une chienne et d'un loup. Il passe de la vie sauvage et libre à une vie en compagnie des hommes dont il subira la cruauté.

Construire un feu (deuxième version), 1908
Un husky accompagne un homme dans le froid du Yukon. Lorsque ce dernier tombe dans l'eau glacée, un combat acharné commence pour les deux personnages. Leurs vies sont en jeu.

D'autres récits d'aventures américains

Fenimore Cooper, _Le Dernier des Mohicans_, 1826
Alors que la guerre fait rage entre les Anglais et les Français pour savoir qui dirigera le Nouveau Monde, le major Ducan Heyward accompagne Alice et Cora au fort William Henry, assiégé et dirigé par leur père. Après avoir été trahis par leur guide, ils recevront l'aide de Chingachgook et de son fils, Uncas, le dernier des Mohicans.

Herman Melville, _Moby Dick_, 1851
Le capitaine Achab est bien décidé à se venger de Moby Dick, une baleine blanche monstrueuse qui lui a arraché une jambe. Ismaël, le narrateur, comprend vite que la lutte sera titanesque.

Mark Twain, *Tom Sawyer*, 1876

Tom Sawyer est un jeune garçon vif, espiègle et coquin. Avec ses amis Joe Harper, Huckleberry Finn et Becky, ils vivent sur les rives du Mississipi des aventures extraordinaires et parfois effrayantes.

À voir

***La Ruée vers l'or*, Charles Chaplin, 1925**

Charlot cède à la tentation de la ruée vers l'or du Klondike. Prospecteur solitaire et malchanceux, il découvrira les difficultés du froid et sera une fois de plus confronté à la cruauté des hommes et de la société.

***Les Contrebandiers de Moonfleet*, Fritz Lang, 1955**

John Mohune, un jeune orphelin, est confié à Jeremy Fox. Il va vite se rendre compte qu'il est arrivé dans un repaire de dangereux contrebandiers...

***Les Enfants du capitaine Grant*, Robert Stevenson, 1962**

Alors qu'on pensait le capitaine Grant disparu en mer, Jacques Paganel trouve une bouteille avec des coordonnées géographiques. Accompagné de Mary et de Robert, les enfants du capitaine, il va embarquer pour une aventure pleine de rebondissements à la recherche des naufragés.

***Into the wild*, Sean Penn, 2007**

Christopher McCandless est un étudiant brillant qui, lassé de la société de consommation, décide de partir sans prévenir à l'aventure au contact de la nature, pour un retour aux sources qui l'emmènera dans le froid de l'Alaska...

Table des illustrations

Conception graphique : Julie Lannes

Design de couverture : Denis Hoch

Illustrations intérieures : Buster Bone

Recherche iconographique : Gaëlle Mary

Mise en page : STDI

Édition : Mirna Bousser

MIXTE
Papier issu de sources responsables
FSC® C022030

N° édition : 10257315 - Dépôt légal : mars 2018

Imprimé en France, en août 2019, par la Nouvelle Imprimerie Laballery - N° 907210

La Nouvelle Imprimerie Laballery est titulaire de la marque Imprim'Vert®